我们听到青蛙的歌唱

高长梅　王培静◎主编

相约名家·冰心奖获奖作家作品精选

我们听到青蛙的歌唱

刘国芳　著

九州出版社
JIUZHOUPRESS
全国百佳图书出版单位

图书在版编目(CIP)数据

我们听到青蛙的歌唱 / 刘国芳著. -- 北京 : 九州出版社，2013.5
（2024.4 重印）

（相约名家 · 冰心奖获奖作家作品精选 / 高长梅，王培静主编）

ISBN 978-7-5108-2093-9

Ⅰ. ①我… Ⅱ. ①刘… Ⅲ. ①中国文学 - 当代文学 - 作品综合集 Ⅳ. ①I217.2

中国版本图书馆CIP数据核字（2013）第084967号

我们听到青蛙的歌唱

作　　者	刘国芳　著
出版发行	九州出版社
地　　址	北京市西城区阜外大街甲35号（100037）
发行电话	（010）68992190/3/5/6
网　　址	www.jiuzhoupress.com
电子信箱	jiuzhou@jiuzhoupress.com
印　　刷	三河市恒升印装有限公司
开　　本	710毫米×1000毫米　16开
印　　张	9.5
字　　数	136千字
版　　次	2013年5月第1版
印　　次	2024年4月第8次印刷
书　　号	ISBN 978-7-5108-2093-9
定　　价	49.80元

出版说明

冰心是我国现代文学史上著名的作家，她的儿童文学作品和散文在中国文学史上占有重要位置。

这里所说的“冰心奖”包括“冰心儿童文学艺术奖”和“冰心散文奖”。

“冰心儿童文学艺术奖”创立于1990年。创立以来，它由最初的单一儿童图书奖，发展为包括图书、新作、艺术、作文四个奖项的综合性大奖，旨在鼓励儿童文学作品的创作出版，发现、培养新作者，支持和鼓励儿童艺术普及教育的发展。其中，“冰心儿童文学新作奖”与“宋庆龄儿童文学奖”、“陈伯吹儿童文学奖”、“全国儿童文学奖”并称国内四大儿童文学奖。

“冰心散文奖”是一项具有权威的全国性的散文大奖。冰心生前曾是中国散文学会名誉会长，“冰心散文奖”是遵照其生前遗愿而设立的，旨在彰显我国散文创作的成就，不断评选出题材广泛、思想敏锐、着力表现现实生活，创作形式风格多样的优秀散文。“冰心散文奖”是与“茅盾文学奖”、“鲁迅文学奖”并列的我国文学界散文类最高奖项，也是中国目前中国散文单项评奖的最高奖。

《相约名家·冰心奖获奖作家作品精选》共收录近年来荣获“冰心儿童文学艺术奖”和“冰心散文奖”的三十位作家的作品。这些作品无论是小说还是散文，或抒写人间大爱，或展现美丽风光，或揭示生活哲理，或写实社会万象，从不同角度给青少年读者以十分有益的启迪。

随着中小学课程改革的深入与发展，让中小学生多读书、读好书早已成为共识。我社推出本套大型丛书，希冀为提升中国的基础教育、为青少年的健康成长尽一份力。

九州出版社

CONTENTS

目录

第一辑 进士牌坊

第二辑 稻草人

CONTENTS

目录

第三辑 秋溪看油菜花开

第四辑 白衣长裙

CONTENTS

目录

第一辑

进士牌坊

Jin Shi Pai Fang

进士牌坊

明万历三十一年，少年张进坐在屋檐下，那个冬天，雨夹雪落了很久，但这天，天晴得很好，村里很多人都出来了，在屋檐下晒太阳。大家在暖暖的太阳下晒着，说着闲话，吃着零食，一个村，过年一样热闹。

张进嗑着瓜子，他把瓜子壳吐得很远，在吐出一个瓜子壳后，张进忽然看到有几个人进村了。不仅张进看到那几个人，大家都看到了，所有的眼睛都盯着他们。进村的人走近了，但在离张进还有五六米远的地方，他们站住了，一个人还说："就是这里。"

另一个人说："不错，就是这里。"

张进还在嗑瓜子，他对陌生人不是很感兴趣，他没有一直盯着他们。但当张进再看着他们时，却发现几个人借了个梯子来，他们把梯子竖在一扇门上，然后一个人爬上梯子。那门上面结满了薜荔，那人上去把那些薜荔扯掉。这举动就惊动村里很多人了，很多人走过去。张进看见很多人走过去，也起身走了过去，然后问着那几个人："你们做什么呀？"

一个人说："我们来看这座牌坊。"

张进又问："这是牌坊？"

一个人说："不错，这是牌坊。"

张进再问："什么牌坊？"

一个人说："进士牌坊。"

张进不懂什么是进士牌坊，张进仍问："什么是进士牌坊？"

那些人很有耐心，一个人说："你们村以前出过一个进士，这牌坊就是为这个进士立的。"

张进从没听说过自己村里还出过进士，张进这天没走，一直在那儿看着。那几个人，看起来都是有学问的人，他们知道的东西特别多，他们告诉张进，这座进士牌坊立于明正德十二年，距现在已经过去了将近一百年，是为当时他们村赐进士出身、刑部福建清吏司员外郎张炎立。牌坊上面有江西巡抚孙穗，巡按御史李闰，布政司杨学礼，抚州知府万学、同知汪嵩，通判邹琥、林诚通，推官田英，临川知县吕龄，县丞高桂等联名题字。那些人还告诉张进他们，他们村的张炎是弘治九年进士，

张进那时候不嗑瓜子了，他一直仰着头看着那座进士牌坊。那个进士，他也记住了，叫张炎。

几天后，张进在村里一个老学究那里找来了一本书，叫《诗经》，张进以前读过三年私塾，现在，张进又想读书了。

过后，张进进进出出手里都拿着一本书。以前，张进不是这样，以前张进不喜欢读书，他无所事事总在村里村外晃荡。明显，张进变了。村里一个叫秋荷的女孩，也觉得张进变了，

这天，秋荷站在村口的水塘边，张进见了，脱口而出：

蒹葭苍苍，白露为霜。
所谓伊人，在水一方。
溯洄从之，道阻且长；
溯游从之，宛在水中央。

秋荷听得不是很懂，但秋荷觉得张进说出来的话特别好听。秋荷随后问张进说："你说什么呀？"

张进说："这是《诗经》里的话，我觉得你就是那个在水一方的伊人。"

秋荷脸红了。

那时候张进不但看了《诗经》，还看了《大学》。后来的很多年，张进读了《论语》、《孟子》和《中庸》；也读了《尚书》、《礼记》、《周易》、《春秋》。张进的三年私塾没白读，他知道这是四书五经。张进知道，要想中进士，一定要读这几本书。这很多年里，张进结了婚，夫人就是那个叫秋荷的女子。结婚前，张进每次见了她，都会心跳，张进知道自己喜欢这个女子，张进有一天跟秋荷说：

关关雎鸠，在河之洲。
窈窕淑女，君子好逑。

秋荷还是听不大懂，但秋荷知道张进喜欢自己。有媒人一上门，秋荷就同意了。

崇祯元年，张进中了进士，后官至刑部郎中。

张进父母目不识丁，没人想到张进会中进士，而且官至五品的刑部郎中。族人觉得张进为他们争了光，于是于明崇祯五年（1632）为张进立了一座世进士牌坊，江西巡抚曹运亲笔题字。

倏忽几百年又过去了，这是2012年12月底的一天，也是冬天，雨夹雪落了很久，但这天，天晴得很好，村里很多人都出来了，在屋檐下晒太阳。大家在暖暖的太阳下晒着，说着闲话，吃着零食，一个村，过年一样热闹。

一个少年嗑着瓜子，他把瓜子壳吐得很远，在吐出一个瓜子壳后，少年忽然看到有几个人进村了。在离少年五六米远的地方，他们站住了，一个人还说："就是这里。"

另一个人说："不错，就是这里。"

少年走了过去，少年说："你们做什么呀？"

一个人说："我们来看你们村的两个牌坊。"

少年说:“什么牌坊?”

一个人说:“你们村以前出过两个进士,两个进士都立了牌坊。”

少年仰起了头。

状元岭

从展坪经状元岭、状元村到水溪,有一条古驿道,是古代抚州至樟树的官道。古道嵌着青石板,绵延十数里。在状元岭,古道从山间穿过,两边树木参天,溪水潺潺。当年汤显祖经此去往广东徐闻,行到状元岭时,被眼前的景色陶醉了。他在后来的一首《赴徐闻至状元岭》一诗中写道:青阶随山回,溪水天上来。这一名句,至今仍嵌在状元岭的凉亭上。

其实,最初的状元岭叫张元岭,而山下的状元村则叫张元村,张元状元谐音,张元村的人后来索性将张元村改为状元村,而张元岭,则改成状元岭。这样叫,就是希望张元村日后有人出人头地,考取状元。但状元村叫了一代又一代,这一代一代的人也上上下下爬着状元岭,就是没人考取状元。

转眼到了 2000 年,这天,几个人到状元岭寻觅古驿道,他们从展坪出发,经状元岭、状元村,再到水溪,但他们找来找去也无法找到那条绵延十数里、铺着青石板的古驿道。只是在状元村,他们看到一条不长的铺着青石板的古路。几个人后来在状元村的青石板上站下来,路边的屋檐下有人坐着晒太阳,几个人问着说:“以前你们这儿有一条古驿道,在哪儿呢?”

有人回答:“你脚下就是。”

几个人又说:“这只有一点点长呀,据记载,你们这里的古驿道有十多里长,都铺着青石板,现在怎么只剩下这一点点呢?”

有人回答:“1964 年修展坪水库,当时的区长王胜涛带人把青石板全撬了。”

几个人人就摇着头,叹着说:“可惜了,人家安西有一条古驿道,现在成了旅游胜地,如果你们这条古驿道保存下来,一定会比他们还火。”

村里人听了,就指着一个人说:王胜涛就是他父亲,当年就是他父亲把这条古驿道挖掉的。”

那个被指着的人脸色就难看了,他叫王七生,是王胜涛最小的儿子,他清楚地记得,一条铺着青石板的古驿道,就是自己父亲带人挖掉的。那是 20 世纪 60 年代初,展坪修水库,自己的父亲任区长,他一声令下,发动周边几个村的数百村民挖古驿道上的青石板修水库。从展坪到状元岭,再到水溪,绵延十数里,几天之内,那些青石板便被挖了。王七生还记得,那些人挖到状元村时受到了阻挠。状元村的人决不允许那些人把村里的古道挖掉,因为那不仅是古道,也是村里唯一的一条街。村民都站在街上,排成一排。父亲还要强挖,是爷爷出面强行阻挠了,爷爷当时 80 多岁,他狠狠地打了父亲一个耳光,打过,爷爷也栽倒了,再没起来。父亲见此,才作罢。也因此,状元村保存了一段 300 米长的古驿道,而其他地方如展坪、状元岭、水溪等地的古驿道则荡然无存。

现在,几个人就站在这段古道上,他们摇着头,一个人还说:“‘青阶随树回,小溪天上来’,汤显祖笔下的古驿道不复存了。”

说着,他们走了。

让状元村的人没有想到的是,在此后的几年里,经常有人来寻觅古驿道,但他们只能在状元村看到一段 300 米长的古驿道,在这儿,他们总问着说:“以前你们这儿有一条古驿道,在哪儿呢?”

状元村的人直接回答:“1964 年修展坪水库,当时的区长王胜涛带人把古驿道上的青石板全撬了,所以古驿道没有了。”

听的人就摇着头,叹着说:“可惜了,好好的一条古驿道,就这样毁了。”

村民这时候很气愤了,大声说:“王胜涛那个王八蛋,为了自己当官,毁了一条古驿道。”

王七生还在村里,他当然听到村里人骂他父亲,他不敢回嘴,这时候,他只有悄无声息地走人。

还是有人来看古驿道,王七生后来只要看见生人进村,就会躲开。但他哪里躲得了,后来村里许多孩子,居然会唱一首童谣,比如一些女孩子,在跳绳的时候就唱道:

王胜涛、是草包
修水库、挖驿道
好风景、没有了

王七生有个儿子,叫王文苏,在桐源读初中,有一天回来听到了,打了一个孩子一巴掌,没想到一村的人都来了,他们在外面足足骂了大半天。王七生当然听到大家骂他,但他和儿子躲在屋里,一句话也不敢说。

后来,王七生跟村里人就很少来往了,他做他的事,作他的田。回了家,就关着门,躲在家里。再后,他儿子王文苏去临川二中读高中,王七生也去城里陪读,这样,村里人就很少见得到王七生了。

几年后,王七生的儿子考取了大学。

王七生在儿子考取大学后也没回来,就住在城里。

这天,又有几个人来看古驿道,这次几个人当中有大人有孩子,他们没再问古驿道在哪,而是看着状元村的人说:“你们状元村现在名副其实了。”

状元村的人这话还听得懂,他们说:“此话怎讲?”

一个人说:“你们村的王文苏是今年全省文科状元,被北京大学录取了。”

村里人听了,万分惊讶,一个人见了,就问:“你们不知道?”

村里人默不作声。

几个人见村民不作声，走开了，一个人边走边跟身边一个孩子说："你也去爬一爬状元岭，以后也考个状元。"

说着，他们往状元岭去。

默默地，村里人跟在后面。

胭脂泪

宋庆历五年，晏殊回抚州省亲，与晏殊一同回乡的，还有他的七子晏几道。几道久居汴京，乍然来到江南，满面心欢喜。"街南绿树春饶絮，雪满游春路。树头花艳杂娇云，树底人家朱户。北楼闲上，疏帘高卷，直见街南树……"几道这首《御街行》，就是几道初回故乡时，对故乡的深切感受。

一日，几道随父亲去拜会抚州知府。金妮园中，一位小姐在荡秋千，笑声不绝于耳。这位小姐，是知府的女儿小苹。几道对小苹一见钟情。此后，几道几乎天天来金妮园中与小苹相会。小苹父亲十分喜爱几道，并不加阻挠。小苹知书达理，琴棋书画无所不通，她常在金妮园里抚琴而歌。"金风细细，叶叶梧桐坠。绿酒初尝人易醉，一枕小窗浓睡。紫薇朱槿花残，斜阳却照阑干。双燕欲归时节，银屏昨夜微寒。"晏殊的一曲《清平乐》，被小苹唱得娓娓动人，惊得鸟儿不敢作声，也让几道如痴如醉。

这天小苹征得父亲同意，和几道一同在抚州街上游玩。在十字街，几道给小苹买了一个胭脂盒。这是景德镇烧的瓷盒，玲珑剔透。小苹打开盒盖，里面盛满了红色的胭脂，香气扑鼻。小苹放鼻前闻了闻，盖上盒盖，爱不释手。

两个年轻人这天“沉醉不知归路，尽兴晚回舟”。到金妮园时，已是风清月白，云飞星走。天太晚，几道没有随小苹入园，只在彩云明月下目送着小苹走进金妮园。

这一别，竟是几道和小苹的永别。第二天，晏殊接到朝廷急奏，打马回京。可怜几道还未来得及和小苹话别，便随父亲进京了。

世事多变，在几道天天想着和小苹再见时，小苹家却发生了变故。小苹父亲遭人陷害，丢官弃职，发配岭南充军。在充军的路上，小苹父亲气恨交加，染病身亡。小苹卖身葬父，和丫鬟一同沦落为妓。这时小苹身无分文，她身上留下的，只有几道送给她的胭脂盒。

晏几道在庆历七年说服父亲回到了抚州。这年，距几道随父省亲只隔了两年，但物是人非，金妮园犹在，小苹却不见了。几道在旁人告诉小苹家的变故后，泪如泉涌。那些天，几道天天在金妮园徘徊，不忍离去。当得知小苹沦落为妓后，几道又天天在抚州烟花巷里寻觅。可惜了无踪迹，几道没有找到小苹。

此后，几道“忆相逢，几回魂梦与君同”。一天也是风清月白，云飞星走，几道又在梦中和小苹相见。梦中醒来，几道不胜伤感，对着彩云明月，咏哦道：“梦后楼台高锁，酒醒帘幕低垂，去年春恨却来时，落花人独立，微雨燕双飞。记得小苹初见，两重心字罗衣，琵琶弦上说相思，当时明月在，曾照彩云归。”晏几道这首《临江仙》，写出了他与小苹相聚之欢，离别之痛，伤情缕缕。

沦落为妓的小苹也在日日思念着几道，但汴京遥远，小苹体弱多病，无力跋涉。她在思念几道时，唯有把几道赠送的胭脂盒抱住，或打开盒盖，蘸几许胭脂抹在脸上。但往往才抹上胭脂，两行泪水便将胭脂冲去。在伤心欲绝时，小苹常常抚琴而歌，一曲李煜的《相见欢》被她咏唱千百遍了：“林花谢了春红，太匆匆，无奈朝来寒雨晚来风。胭脂泪，留人醉，几时重，自是人生长恨水长东。”每次咏罢，小苹总是以泪洗面。

小苹在皇祐元年病逝，临终前，她嘱丫鬟将她填的一首词保管好，日后见了几道，一定要将这首词交给他。交代完，小苹含恨逝去。小苹生前一无所有，只有一个胭脂盒。这胭脂盒，便成了小苹唯一的陪葬。小苹的墓在抚州南门外，就是现在的抚州独立营里面。

丫鬟将小苹葬后，只身前往汴京，一路风餐露宿，终于见到了几道。呈上小苹写的那首词，几道展开，见是一首《思远人》，词曰："红叶黄花秋意尽，千里念行客。飞云过尽，归鸿无信，何处寄书得？泪弹不尽临窗滴，就砚旋研墨，渐写到别来，此情深处，红笺为无色。”几道读罢，自是泪弹不尽。这首《思远人》今人多误为晏几道所作，其实是小苹绝笔。小苹思念几道，以泪研墨，令人断肠。

斗转星移，到公元20世纪80年代，当年小苹的墓地南门外已成为驻军所在地，抚州人称这地方为独立营。后军队撤走，这地方让给了一家工厂。工厂搬进之初，大兴土木，全厂男女老少尽皆参加劳动。这一日几个男女挖地基，挖到小苹的坟了。岁月悠悠，一千年了，坟内棺木等物已腐烂为土，只有那个胭脂盒，还熠熠生辉。一个女子明白这是文物，捡了就跑。有人见了，便去追女子，还说不要跑，见者有份。女子说我捡到的，凭什么分给你们。女子的男朋友也在里面，他跟女子说你别跑，把东西交给我。可惜女子连男朋友也不相信，仍在前面跑。但她跑不过后面那些人，不一会儿，便被人追上了。女子在被人追上时忽地把胭脂盒摔了，女子说我叫你们抢，抢呀。

胭脂盒碎了。

万分巧合的是，这女子居然也叫小苹。

公安后来以破坏文物罪将小苹拘留了，小苹这时后悔了，哭起来，两行清泪在涂满粉脂的脸上潸潸流下。

这是现代女子的胭脂泪。

状元路

夏村有一条状元路,夏村的人进村出村,都走这条路。状元路只有两三米宽,路中间平行着嵌了两排卵石。相传夏村以前出了个状元,这状元每次回来,都走在两排卵石中间。那卵石,是为状元专门嵌的,只有状元能走。而一般人,是不能走在卵石中间的,大家进进出出,只能走在路边上。

状元是很久很久以前的事,现在再没有状元走在卵石中间了,但村里有一个叫吴进的孩子,却敢走在卵石中间,他每次走在状元路上,都往中间走。有大人见了,就跟吴进说:“你走边上。”

吴进说:“为什么要走边上?”

大人说:“中间是状元走的。”

吴进说:“我大了做状元。”

大人说:“你知道状元是什么?”

吴进说:“状元就是会读书的人。”

那时候吴进还小,能说出这样的话,便让人啧啧称奇,有人说:“这孩子大了一定会有出息。”

这话没错,吴进大了,先是考取了大学。大学毕业后,分在城里工作。工作了若干年,又当了官,而且后来官越做越大。这期间很多年,吴进每次回来,都走在两排卵石嵌着的状元路中间,没人再说他不能走了。有一次,吴进只顾着跟人说话，没有走在两排卵石嵌着的状元路中间，一个人见了，便把吴进往路中间引，还说："吴县长往中间走。"

吴进笑笑，往路中间走去。

这时候村里人进村出村，也喜欢走在两排卵石嵌着的状元路中间。甚至，有些大人会牵了孩子来，让孩子在路中间走来走去。有些孩子小，不明白大人为什么要让他在卵石嵌着的路中间走来走去，孩子于是问着大人说："为什么要走在路中间呀？"

大人说："这中间是状元走的？"

孩子说："状元是什么？"

大人说："状元是会读书的人，会读书就可以考大学，考了大学，就可以当官，像我们村的吴进一样。"

孩子虽然不知道状元是什么，但知道吴进是谁，知道吴进在城里当大官。孩子于是在路中间屁颠屁颠跑起来，孩子说："我走在状元路上了，大了像吴进一样当大官。"

大人笑了。

不仅夏村的人喜欢在两排卵石嵌着的路中间走着，其他村的人，后来也会把孩子带来，让孩子来来回回走在两排卵石嵌着的状元路中间。他们走着时跟夏村的人说："让我们的孩子也走走状元路，说不定以后也能像你们村的吴进一样考取大学，当大官。"

夏村人笑笑说："走吧，以后当了官不要忘记我们。"

让人没想到的是，一天有人把这话说过后，一个人立即跟这人说："你还说吴进呀，吴进都出事了。"

问："出什么事了？"

答："吴进贪污受贿，判了无期徒刑。"

问："有这事？"

答："千真万确。"

来人忽地把孩子从状元路上拉下来，匆匆走了。

以后，再没人带孩子来走状元路了，不管是村里的人还是村外的人。不仅如此，就是那些大人，走在状元路上时，也不再走在两排卵石嵌着的路中间，他们只在边上走着。有人不小心走在路中间，意识到后，又慌慌忙忙走出来。

这以后不久，夏村搞新农村建设，到处铺水泥。于是，一条状元路，铺上水泥了。

状元路不存在了。

回家

少年经常泡在网吧里，有时候连课也不去上。为此，少年经常受到父亲的责骂。又一次，少年因为上网而忘了去上课。这次，少年的父亲不但责骂了少年，甚至打了少年一个巴掌。少年捂着挨打的脸，怨恨地瞪了父亲一眼，然后蹿出了网吧。

但少年没回家。

少年离家出走了。

以往，少年也离家出走过。少年挨了骂，就不想回家，少年会在这座城市到处游荡，甚至混上一列火车，来到别的城市，然后在这座城市流浪。每次，都是父母千辛万苦把少年找回家。

这次，少年来到一条河边，河边有一条堤，少年徘徊在堤上。

这是个明媚的春天，堤上开了许多红的白的花儿。花儿与少年，这是一首音乐，少年听过，觉得是一首很美很美的音乐。但现在，少年心里丝毫没有音乐流过。少年还在怨恨他的父亲，觉得很委屈，很失意。少年摘了一朵又一朵花，然后把它揉碎了。少年觉得，被揉碎的不仅仅是一朵朵花，还有生活，也被揉碎了。

后来，少年就看见一个农夫。

农夫套着一头牛在犁地，让少年觉得奇怪的是，农夫是在水边的沙滩上犁，或者说，农夫套着牛在犁沙滩。少年看见牛在前面，农夫在后面，农夫一边吆喝着牛，一边用鞭子抽打着牛，沙滩上已犁出了方方的一块。少年不知道农夫犁出一块沙滩做什么？当然，少年想过，少年觉得农夫要在沙滩上栽种作物，比如种花生红薯什么的；要不，沙滩里有值钱的东西，比如雨花石什么的，农夫把沙滩犁翻，好捡雨花石。但少年错了，少年走到农夫跟前，把他的想法告诉了农夫。农夫听了，笑起来，否定了少年的想法。少年就不明白了，农夫套着一头牛，犁开一片沙滩，他有什么目的呢？

“动物和人一样，也要调教，牛还小，先让它犁沙子，既省力，又能调教它，让它以后成为一头好耕牛。”农夫道出了谜底。

少年绝想不出这个原因，此后，少年看着农夫和牛发了半天呆，然后，少年走了。

少年一步一步往家里走去，这个时候，少年不再怨恨父亲了，他好像觉得自己长大了。

此后，少年再没离家出走过。

少年后来经常想到农夫和牛。“动物都要调教，何况是人。”少年总跟自己说。

当然，少年从不敢把这话说出来。

别墅

有一个地方，早先一片荒芜。后来一些有钱人在那儿盖起别墅来，一幢一幢漂亮的别墅盖好，那儿就焕然一新了，远远看去，海市蜃楼一样。

常有人到那儿去走走看看。

一天，一个大人牵了一个孩子去。孩子第一次看见那么好看的房子，孩子于是指着一幢又一幢的别墅说："妈妈，这些房子怎么这么好看呀？"

大人说："这是别墅。"

孩子说："别墅是什么？"

大人一时被问住了，顿了顿，大人说："别墅就是好看的房子。"

孩子继续问下去，孩子说："这些别墅是住人的吗？"

大人说："是呀。"

孩子说："住什么人呢？"

大人说："住那些有本事的人。"

孩子说："我以后可以住这样的别墅吗？"

大人说："可以，只要你以后好好读书，学到本事，就可以在这里盖一幢别墅。"

孩子说："我盖一幢更好看的。"

这以后不久，另一个大人也牵了一个孩子来。

这孩子也是第一次来，没见过这么好看的房子，他于是也像那个孩子一样指着一幢又一幢的别墅说："妈妈，这些房子怎么这么好看呀？"

大人也说："这是别墅。"

孩子说："别墅是什么？"

大人说："别墅就是盖得好看的房子。"

孩子说："这些别墅是住人的吗？"

大人说："是呀。"

孩子说："住什么人呢？"

大人想了想，跟孩子说："住那些不好的人。"

孩子看着大人。

大人说："能做这些别墅的人，都是一些暴发户，他们的钱都是坑蒙拐骗来的，要不，就是那些贪官，靠贪污受贿弄来的钱。"

孩子说："他们都是坏人，对吗？"

大人说："对。"

同样是那些别墅，两个大人却给了他们不同的概念。前一个大人，给了孩子一个希望。而后一个大人，却给了孩子一个仇恨。前一个孩子读书后画的第一幅画就是一幢房子，孩子跟别人说那是别墅。以后，孩子总喜欢画那些看着像别墅的房子，而且越画越好。后一个孩子读书后书包里装的第一样东西是石子，孩子往那些别墅边走过时，就从书包里拿出石子来，砸那些房子，一边砸着还一边恨恨地说：砸死你们，坏东西。

两个孩子后来大了。

前一个孩子，有一天终于把他的图画变成了现实。这就是说，他真的在那儿盖了一幢别墅，一幢很漂亮的别墅。后一个孩子有一天跟那幢别墅里的人发生争执，孩子从小就憎恨那幢别墅里的人，他没说上三句话，就狠狠地一拳打过去，结果把人家打成了重伤。

当前一个孩子住进他的别墅时，后一个孩子住进了牢房。

当然，后一个孩子也有一幢别墅，这别墅，在他的仇恨里。

可怜

孩子看见一个老人在街边卖韭菜，老人很老了，天很冷，还落着雨，孩子看见老人衣服淋湿了，孩子就同情起老人来，觉得老人很可怜。孩子走近老人，想跟老人买些菜，孩子觉得把老人的菜买了，老人就可以早点回家了。孩子身上有钱，大人给的压岁钱。孩子伸着钱，跟老人说："老爷爷，你这么大年纪怎么还在街上卖菜呀？"

老人说："我们乡下人，年纪再大也得做。"

孩子真的觉得老人可怜，孩子说："我买两把韭菜。"

老人笑一笑，把菜给了孩子。

孩子拿着菜还在街上走，没走几步，孩子看见一个老太婆在街上卖菜，老太婆卖的是莴笋。老太婆很瘦，也似乎更老。街边风大，老太婆在风中摇摇摆摆，似乎要被风吹走。孩子又同情起老太婆来，觉得老太婆很可怜。孩子走近老太婆，孩子说："老婆婆，你这么大年纪怎么也在街上卖菜呀？"

老婆婆说："地里栽了菜呀，不卖了让它烂呀？"

孩子说："我买两斤莴笋。"

老婆婆也笑一笑，把莴笋称给了孩子。

拿着菜在街上走，也是才走几步，孩子又看见街边站着一直卖菜的老人。孩子这回在街中间站了下来，然后往街两边看。这一看，孩子忽然发现街两边好多卖菜的老人。他们卖韭菜莴笋小白菜辣椒茄子黄瓜也就是什么菜都卖。风很大，雨也好像大了起来，孩子看见那些老人在风中冷得发抖。孩子这下同情起所有的老人来，孩子走近一个卖茄子的老人，孩子问着老人说："街上怎么这么多老人卖菜呀？"

老人说："现在乡下只剩下老人了。"

孩子说："为什么只剩下老人呢？"

老人说："年轻人都出去打工了，只留下老人在家里作田。"

孩子说："所以街上到处都是卖菜的老人。"

老人点头。

孩子也跟这个老人买了茄子，随后，孩子买了一个老人的小白菜，又买了一个老人的黄瓜，还买了一个老人的菠菜一个老人的辣椒和一个老人的茄子。一样一样买下来，孩子就买了好多菜了。孩子拿两只大塑料袋子装菜，满满的，孩子都提不动了。孩子把菜放在街边，不知道怎么办好。这么多菜，孩子提回家，肯定会被大人骂。

孩子不敢把菜提回去。

街上来来往往有很多买菜的人，一个女人看见孩子站在街边，孩子跟前放着两大堆菜。女人看见孩子很小，天很冷，还落着雨，女人看见孩子衣服淋湿了，女人就同情起孩子来。女人走近孩子，想跟孩子买些菜，女人觉得把孩子的菜买了，孩子就可以早点回家了。这么想着，女人跟孩子说："伢崽，你这么小怎么就在街上卖菜呀？"

说着，女人递给孩子两块钱，买了孩子两把韭菜，走了。

女人才走，又一个人走近了孩子，这人看着孩子说："这是谁家的孩子呀，这么小就在街上卖菜，真可怜。"

第二辑

稻草人

Dao Cao Ren

看城里人

苗寨有一个节日，叫爬坡节。这天，苗寨的青年男女穿上最好看的苗族服装，到山上去跳芦笙、对歌、斗马。这风俗十分诱人，无数城里人从四面八方蜂拥而至，来看苗寨的爬坡节。

有一伙人，有六七个人，他们从老远的地方来，但爬了半天山坡，他们除了看见几个穿苗族服装的老太太在路边卖东西外，一个来爬坡的苗族青年也没看到。更没看到跳芦笙、对歌、斗马。他们跟前走过的是穿他们一样衣服的游人。一伙人就有点失望，一个人说："怎么没看到苗族人来爬坡呢？"

一个人说："看不到苗族人，我们不就白来了吗？"

有一个人聪明些，他说："是不是这里的苗族人汉化了，他们都不穿苗族服装，穿我们一样的衣服了。"

一伙人觉得有理，都说："不错，那些从我们跟前走过的人，有可能就是不穿苗族服装的苗族人。"

一伙人想明白这个问题后，就把眼睛往那些穿他们一样衣服的人身上瞄，他们希望这些人是苗人，但根本看不出来。看不出来就问，一伙人跟前有人走过时，他们就问："你们是来爬坡的苗族人吗？"

回答："不是，我们是游人。"

又问："你们是来爬坡的苗族人吗？"

回答："不是，我们是游人。"

一伙人问了好多人，但结果都是一样的，这些人和他们一样，都是游人。

一伙人非常失望。

但最终他们还是看到了苗人，他们下山时，看见前门走来一伙穿苗族服装的苗族人，有五六个。

的确，这五六个人是真正的苗族人。

但这些人是一伙孩子，有男有女，年龄只有十一二岁。这伙孩子今天不要上课，闲着无事，一个人便说："今天有好多好多城里人会去爬山，我们去看他们啵？"

一伙孩子立即响应，一起说："走呀，去山坡看城里人。"

于是一伙孩子来了。

那伙游人看见一伙苗人，尽管到跟前发现是一伙孩子，但他们仍然很高兴。一个人说："你们是来爬坡的吗，来跳芦笙、对歌、斗马。"

一伙孩子摇头，都说："不是。"

一个游人又说："那你们来做什么？"

一伙孩子说："我们来看你们。"

"来看我们？"一伙游人大惑不解。

一伙孩子笑起来，又说："就是来看你们这些城里人。"

当中一个游人，反应过来，他跟孩子说："本来我们是来看你们的，看你们跳芦笙、对歌，现在反让你们来看我们，我问你，你们苗寨现在怎么没有人来爬坡，跳芦笙、对歌？"

一个大些的孩子说："我们苗寨的年轻人都出去打工了，哪有人来跳芦笙、对歌？"

一伙人明白了，但大失所望。

在一伙人失望时，一伙孩子走了。

这伙孩子到天黑才回家，寨子里的大人晓得他们去山坡看城里人去了，见他们回来，就问："你们看到什么了？"

一个孩子说：”我看见一个胖子，好胖好胖，走都走不动，我不明白城里哪会有那么胖的人。”

又一个孩子说：“我看见一个高个子，好高好高，至少有我们两个高。”

一个孩子又说：“我还看见一个好大好大的官，他是县长。”

大人就问：“你怎么知道他是县长？”

孩子说：“他们一伙人都喊他县长。”

这以后不久，有一位县长在当地干部的陪同下来苗寨检查工作，村长也陪在县长跟前。一个孩子听村长“县长县长”地叫一个人，便蹿到村长跟前，小声跟村长说：“这个县长是冒充的。”

村长说：“你怎么知道他是冒充的。”

孩子说：“我那天在山坡上看到过县长，不是这个人。”

村长听了哈哈笑起来，村长说：“你以为县长只有一个呀，我们国家的县长，多得很哩。”

老人与孩

老人很老了，老人走出来颤颤巍巍。忽然，老人踉跄了一下，要跌倒的样子。一个孩子，很小的孩子，走起来也有些踉跄。孩子过来扶住老人，孩子说：“爷爷，你怎么啦？”

老人说：“爷爷老了。”

说过，老人不走了，坐下来，静静地坐在门口。但老人静着，心却静不下来，老人觉得自己老了，真老了。孩子见老人不走了，又说："爷爷怎么不走了？"

老人说："爷爷走不动了。"

孩子就歪歪地跑走了。

但一会儿，孩子又跑了回来。孩子手里攥着几粒瓜子一样的东西，孩子说："爷爷，这是什么籽呀？"

老人看了看，老人说："苦瓜籽。"

孩子说："我们栽下这些苦瓜籽吧？"

老人点了点头。

老人院子里有空地，老人挖了一块地，小小的一块，然后把几粒苦瓜籽栽下去。随后，老人和孩子就天天期盼苦瓜籽长出苗来。在他们的期盼里，那些苦瓜籽真长出苗了，两片细细的叶子，翠翠的绿。长高些，又长出两片叶子。再高些，再长出两片叶子。也是青青翠翠的绿，煞是好看。

几颗苦瓜籽都长出苗了，长高些，老人就用竹子扎了架，让那些翠绿的叶子顺了竹竿往上爬。那叶子爬得还真快，开始只有半尺高，忽地就有一尺高了，忽地又有孩子那么高了，再忽地，比老人还高了。这时候，老人扎的竹架便爬满了，一片翠绿。花也开了，细细的黄黄的花，一朵两朵三朵……孩子见了花，脸也笑成一朵花。孩子伸手摸着，还跟爷爷说："我们栽的苦瓜开花了。"

后来，就长出了苦瓜。开始，那苦瓜只是一丁点大，像一片芽儿，嫩嫩的。渐渐地，苦瓜就大了，小拇指那么大、大拇指那么大。再后来，就有孩子的手那么大了。这时候，一片翠绿里不是一朵两朵花了，也不是三朵四朵，而是一团一簇。苦瓜也不是一根两根，而是满藤的苦瓜，大大小小。有蝴蝶飞来了，细细的黄黄的小粉蝶，跟苦瓜花一样的颜色。小粉蝶就翩跹在苦瓜花里，像那些苦瓜花在翩跹飞舞。孩子见了，伸手去捉，但捉不到，小粉蝶飞高了，飞远了。孩子不舍，跑着去追，还喊："爷爷，帮我捉蝴蝶。"

老人真跟了孩子去，开始是走，后来，竟也跟了孩子跑起来。蝴蝶飞来飞去，老人跟着跑来跑去。终于，一只蝴蝶停在花上，老人一伸手，捉住了。孩子见了，兴高采烈了，孩子说："爷爷真厉害。"

爷爷笑了，在一片翠翠的绿里，一片黄灿灿的花跟前，老人忽然觉得自己好像年轻了。

后来，起风了，瑟瑟秋风。风一吹，叶子就黄了。再后，风就很凉了，不是凉，是冷。老人在风里打了几个寒噤，再看架上的苦瓜藤，干枯了，在寒风里瑟瑟作响。老人看着干枯的叶子，觉得自己就是这片叶子，或者那片叶子就是自己。老人眼一眨，流泪了。

孩子看见老人流泪，孩子说："爷爷，你怎么啦？"

老人说："爷爷老了。"

说过，老人又坐下来，静静地坐着。

孩子坐不住，孩子又歪歪地跑走了。

孩子跑回来时，手里又攥着几粒瓜子一样的东西。孩子是在干枯的苦瓜架底下捡到那些籽的。有些苦瓜熟透了，红了，烂了，籽便掉落在地下。孩子见了，捡起来，然后，孩子跑回来跟爷爷说："爷爷，这是什么籽呀？"

老人说："苦瓜籽。"

孩子说："我们栽下这些苦瓜籽吧？"

老人点头，老人说："明年，明年我们再栽。"

孩子看着老人，孩子看见老人说着时，眼里闪着光彩。

遥拜

很多年前，邓嫂过河走亲戚，到亲戚家时，正看到亲戚出门，邓嫂问亲戚去哪里，亲戚说高坊山修了一座庙，今天开光，她去山上烧一炷香。邓嫂听了，二话没说，跟了亲戚去高坊山。

山就在前面，看起来不远，但却走了老半天，邓嫂坚持着走下山，还上了山，然后为菩萨烧了一炷香，还跪下来拜了三拜，求菩萨保佑万事如意身体健康。

往回走时，山就在后面，邓嫂什么时候回头，都能看见山，直到过了河回到了村里，邓嫂还看得见山。

那些天邓嫂的丈夫一直不舒服，拜了菩萨后，丈夫好了。

邓嫂就觉得那菩萨很灵。

邓嫂后来还去拜过一次菩萨，这次是儿子病了，拜一拜，儿子病就好了。有这两次，邓嫂信起菩萨来了。过后，她总看着高坊山，并不时地指了山让村里人看，还问：“你知道那是什么山吗？”

回答：“高坊山。”

邓嫂又说：“你知道山上有什么吗？”

回答：“不知道。”

邓嫂说：“山上有座庙。”

邓嫂又说：“庙里有菩萨。”

邓嫂还说："那菩萨真灵，我那个（丈夫）不舒服，拜一拜，就好了；我老二不舒服，拜一拜，也好了。"

村里人相信邓嫂的话，过后，有人有什么事，也去高坊山拜一拜菩萨；但高坊山太远，来来回回总让人累得够呛。

后来的一天，邓嫂自己不舒服了，邓嫂当然要拜菩萨，但这次邓嫂走不动。邓嫂后来走到河边来，看了看高坊山后，她点着一炷香插在河边，然后跪下拜了三拜，求菩萨保佑她。村里有人看见了，就问邓嫂做什么。邓嫂仍说高坊山上有座庙，庙里的菩萨灵。有人就说山上的菩萨灵你去山上拜呀，这里拜也灵吗？邓嫂说我不是看着那山嘛，那山上有庙，庙里有菩萨，我在这里拜他，他也看得见，佛法无边，菩萨一样会保佑我。

巧的是，几天后，邓嫂病好了。

村里人过来后又学起邓嫂来，有了事，到河边烧一炷香，然后对着远处一片朦胧的山遥拜，让菩萨保佑万事如意，身体健康。

这似乎也灵，有人牛不见了，在河边对着高坊山拜几拜，牛过后找到了，有人头痛脑热，也在河边对着高坊山拜几拜，头痛脑热好了。后来，全村的人差不多都有这种习惯了，一有不顺心的事，就向高坊山拜几拜。

很多年过去了，邓嫂也让人喊成邓婶了，但这种习惯没变。

1998年，河里涨大水，邓嫂门口那条河里的水比任何一年都大，村里个个都急，生怕水再涨把堤冲了。邓婶当然也急，但她没慌，她去堤上点了一炷香，然后跪着朝高坊山遥拜，求菩萨莫涨水。村里其他人见了，也跟着做了，都在堤上烧香，跪着朝高坊山遥拜，求菩萨再莫涨水。

这天晚上，下游决口，河里水位迅速下退，村里人不知就里，见水退了，以为菩萨显灵了，一起高兴，都看着远处高坊山说多亏菩萨显灵，让水退了。

汛期过后，村里很多人感念菩萨显灵，要去还愿，于是大家约定去高坊山庙里一趟，这天，村里男女老少十几人上路了，说说笑笑往高坊山去，也是走了老半天，到了，但到了一看，个个傻子一样。

他们看见山上根本没有庙。

随后打听，才知道几年前一场暴雨，山体滑坡，半座山塌了，庙随着山一起，没了。

回来时没一个人开声。

后来再没人对着高坊山遥拜了，包括那个邓嫂。

断桥

缴上桥断了。

缴上桥在下缴村外，是一座石板桥，六墩七孔，桥面全是用宽一尺，长五米的青石板铺成的。是一座古桥，桥上的青石板留下了一道又一道深深的车辙。六座桥墩上面，则缠满了薜荔，给人古朴苍凉的感觉。一天暴雨，只听轰隆一声，桥被洪水冲塌了。大雨过后，下缴村的人看见桥中间的一座桥墩塌了。因为桥墩塌了，两边的青石板便陷下去，陷成儿童坐的滑梯一样。桥还可以过人，但必须小心翼翼，到了断桥边，小心着往下滑。滑下去了，又小心着往上爬。桥有两米宽，三十多米长，以前不但可以过人，还可以过车，当然是过板车和摩托车。这座桥离湖溪乡里不远，下缴村的村民和附近的村民赶集，都往这桥上经过，现在桥断了，板车和摩托车都不能过了，得绕五六里路，往另一座桥过。摩托不怕远，一加油门，也就到了。但板车拖着东西就麻烦了，走五六里路，够烦人的。更麻烦的是老人，老人不敢也不可能滑下断桥，他们也要多走路，慢慢吞吞绕道往另一座桥上去。

谁都希望把桥修好。

但没人修。

没人修桥，村民便有意见。村民们每次从断桥边滑下去时，就说现在政府没人管事，桥断了，也不派人来修。有人滑下去时磕着了碰着了，更是骂骂咧咧，满肚子的牢骚。有些人气不过，便跑到乡里去，要见乡长，希望他把桥修好。但去的人谁也没见到乡长。乡里的人见了他们，便问找谁。去的人就说缴上桥断了，希望乡里派人修好。这话一说，就没人理他们了，都把脸板着。去的人就说乡长呢，我要见乡长。乡里的人仍不睬，但眉眼之间做出不屑的样子。去的人就很不满了，大声说怎么没人管事呢，老百姓的桥坏了，也不派人来修。又说你们的工作不就是为老百姓办事吗，怎么桥断了那么长的时间，也没人来管。乡里的人这时发话了，乡里人说哪来的疯子，在这里发疯，滚出去。去的人就气得打哆嗦，但也无可奈何。

好长时间过去了，有一年多吧，也没人去管。越没人管，村民们越不满，到后来，下缴村和附近一带的村民简直怨声载道了。

当然，也不是从来都没人管，有三位政协委员写过提案，要求修复缴上桥，但也是毫无结果。县政协把提案转到湖溪乡处理时，他们提出了这样的意见：下缴村虽是他们湖溪乡管辖的范围，但缴上桥却归湖坊乡管，要修，归他们修。县政协又把提案转到湖坊乡，他们则认为缴上桥上游 3 公里的地方修了新桥，再修缴上桥就没有必要了，村民来往，可以到上游过桥。

双方都有道理，自然没人修桥。

没人修桥，村民们还得滑下爬上地过缴上桥，每次爬着时都骂不绝口。

这后来的一天，湖溪乡接到县委办打来的电话，电话里说市委书记要到他们乡视察，希望他们做好准备。县委办同时通知乡里，书记这次点名要到下缴村去，而且要看缴上桥。乡里就问为什么书记要去看缴上桥。县委办的人说书记童年时代在下缴村住过，经常在缴上桥走，他现在还想看看缴上桥。放下电话，乡里一班人怎敢马虎，他们立即行动起来，当天就请来了吊车，仅半天，就把几块青石板吊了起来。三天后，他们重新把桥墩砌了起来。

那几块青石板并没断，砌好桥墩，青石板架上去，桥就能修好。

湖坊乡的人很快知道湖溪乡在修桥，好好地修桥肯定有原因。派人一打听，原来是市委书记要来看这座桥。得知这一情况，湖坊乡有意见了，说湖溪乡单边行动，也不通知他们一声。又说缴上桥自古就归属他们，要修，也该他们修。

坦白说，这时候桥已修好了。

桥修好了，书记并没来。

乡里一直在等书记来，但书记没来。乡里觉得奇怪，有一天把电话打到县委办，问市委书记什么时候来下缴村视察。县委办听不明白，等问明情况后，县委办明确表示，他们从没打过这个电话，更没听说市委书记要到下缴村视察。

这一结果让湖溪乡的领导非常气愤，他们把这事作为重大案子来抓，成立了以乡长为首的专案组，并连夜下到下缴村进行调查。

当然没有结果。

跟我走吧

一

一个老汉拖着一板车甘蔗在街上卖，一个女孩买了一根，削好皮后女孩咬了一口，女孩说："哇塞，你这甘蔗真甜。"

老汉说："我的甘蔗确实很甜。"

女孩说："我如果住在乡下，这么甜的甘蔗，我会一天吃到晚。"

老汉说："要住在乡下还不容易，嫁到我们乡下就可以。"

女孩说："你怎么说话的？"

老汉说："我们乡下现在好得很。"

女孩瞪老汉一眼，女孩说："再好我也不会嫁到你们乡下去。"

老汉说："我们乡下现在真的不错。"老汉说着，拖着板车走动起来，大概要换个地方卖甘蔗。一边走着时，老汉一边跟女孩说："跟我走吧，嫁到我们乡下去。"

老汉只是开玩笑，但女孩明显不高兴了，女孩说："胡说八道，我会跟你走？"

女孩说着，转身走了。

二

一个男孩开着一辆宝马，一个女孩见了，大声说："哇塞，宝马耶。"

男孩车开得很慢，男孩听了，跟女孩说："你知道这是宝马？"

女孩说："宝马谁不知道。"

男孩说："看得出来，你喜欢宝马？"

女孩说："我最喜欢的车就是宝马。"

男孩说："既然你这么喜欢宝马，敢不敢上我的车？"

女孩说："这有什么不敢。"

男孩就把车停了，让女孩上车，女孩坐在车上后跟男人说："宝马就是宝马，和别的车比就是不一样。"

男孩说："你也很特别哩。"

女孩说:“我怎么特别?”

男孩说:“漂亮呀!”

女孩说:“漂亮的女孩多的是。”

男孩说:“你特别漂亮。”

女孩说:“过奖。”

男孩说:“你确实特别漂亮,我很少见到你这样漂亮的女孩。”

女孩说:“谢谢!”

男孩说:“你这样漂亮的女孩就应该配这样的宝马。”

女孩说:“我也是这么想的。”

男孩说:“那我给你一辆宝马。”

女孩说:“好呀。”

男孩说:“不过我给了你宝马你得跟我走,我还没找对象,很多女孩我都看不上,但一眼就看上你了。”

女孩说:“没问题。”

男孩说:“我说真的。”

女孩说:“我也是说真的。”

三

男孩车开得很慢,后来,男孩看见一个卖甘蔗的老汉后把车停了。女孩见了,就说:“我刚才买了这老汉的甘蔗,很甜。”

男孩说:“他是我父亲。”

男孩说着,下了车。

女孩脸有些红,不敢下车。

过渡

一个人要过渡。

他走到了河边。

一条窄窄的河，四五十米宽，对岸，泊着一条船。

有船的地方就有渡，这人有经验。

于是喊起来：

“过渡——”

“过渡——”

没见对岸有人出现。

又喊：“过渡——过渡——”

仍没见人出现。

对岸没见人出现，跟前，来了一个人。

也是个过渡的人。

这人问：“在这里过渡吗？”

“有船的地方就有渡。”

来人也喊：

“过渡——”

“过渡——”

对岸还是没人出现。

两个人一起喊：

“过渡——过渡——”

还是没人出现。

两个人只好在岸边等着。

仍没见对岸有人出现，跟前，又有人出现了。

又是一个过渡的人。

这人也问：“在这里过渡吗？”

“有船的地方就有渡。”

来人又喊起来：

“过渡——”

“过渡——”

对岸依然没人出现。

三个人一起喊：

“过渡——过渡——”

对岸仍然不见人影。

还得等。

一个人走了来。

又一个人走了来。

再一个人走了来。

都是要过渡的人。

一伙人一起喊：

“过渡——”

“过渡——”

喊破喉咙，对岸还是渺无人迹。

一伙人还得等。

又等来一个人。

一个荷把锄头的人,这人看着一伙人,问道:“你们在这里做什么?”

“等船过渡。”

“还要等船吗,随便也能蹚过去。”

说着,来人捋起裤子,下水了。

一伙人跟着。

不一会儿,一伙人蹚过河了。

水才没着小腿肚。

到了对岸,看见那船了。

一条破船,烂在水里。

稻草人

村长在二木塘里捞了两条鱼,二木就在塘边上,但村长没跟二木打招呼。村长总这样,想吃鱼,就来捞,从不跟二木打招呼。二木每次都很生气,但每次都忍住了。现在,二木忍不住了。二木在村长转身后追上了他,二木说:村长你不能这样。

村长笑了笑,村长说:二木,你怎么啦?

二木说:鱼塘是我承包的,你不能总这样。

村长说:不就是两条鱼?

二木说:你总这样,就不止两条鱼了。

村长说:那又怎能样?

二木说:你把鱼放回去。

村长不笑了,村长说:你叫我把鱼放回去,你有权叫我把鱼放回去。

二木说:鱼塘是我承包的,我当然有权叫你把鱼放回去。

村长说:我不放呢?

二木说:我就告你。

村长忽然笑了,是那种放肆的笑,村长说:你去告呀,我看你怎么告。

二木说:你不把鱼放回去我就告你.不但我告,我还让大家一起告。

村长仍笑,村长说:让大家一起告大家告我什么。

二木说:要告的事多哩,你做屋砍了大根家的五根桃树还占了草发门口一米空地,你还乱摊派,让我们交招待费,还……

村长忽然打断了二木,村长说:我就不把鱼放回去。你去告吧。

村长说着,从二木身边走开了。

二木还看着村长,二木说:村长你无情我也无义,你莫怪我告你。

村长头也不回,没理他。

二木呆了一会儿,往村长相反的方向走去,这是通往乡里的路,二木真要去告村长了。

但走了一会儿,二木又走了回来。二木决定去找大根。二木很快就见到了大根,二木跟大根说:我去告村长,你也去吧,村长做屋,砍了你五棵桃树,你当时恨得要死,你说过要告他,我们一起去吧。

大根笑了笑,大根说:都猴年马月的事了,还告什么。大根说着,又笑笑,走开了。

二木要去找草发,见了草发,二木也说:我去告村长,你也去告吧,村长做屋,占了你门口一米多空地,你很不服,说要告他,你跟我一起去吧。

草发笑了,草发说:都过去这么久了村长家的屋也做起来了,告了他,还能拆了他的屋呀?

草发说着,也走开了。

二木就很生气了，二木看着草发，二木说：都是些口是心非的家伙，你们不告，我告。

说着，二木朝村外走去。

路上，二木碰到了禾生，还碰到了金保。二发跟他们说：我去告村长，你跟我一起去吧，村长让我们摊招待费，这是不合理的负担，我们去告他。

禾生没禾笑，禾生说：告有什么用，官官相护，告不通的我不去。

二木说：禾生你也是口是心非，平时看你蛮有意见，今天叫你去，你却不去。

禾生说：我有事，你去吧。

二木就很生气了，但金保的话更让二木生气，金保说：大家摊得起，我也摊得起，凭什么我出头去告他。

说着，扔下二木头也不回地走了。

二木只好一个人去，一路上都气呼呼的，既生村长的气，又生禾生金保他们的气。后来，二木就看见秧田里的稻草人了，其中一个，就在路边，二木伸腿就能踢到。二木还生着气，真伸腿踢了一下，还说：踢死你大根，你是个稻草人。秧田里还有几个稻草人，二木踢了一个，又下田去踢另一个，踢着时也说：踢死你草发，你也是个稻草人。说着，又去踢另一个，边踢边说：踢死你禾生，你纯粹是个稻草人。还有一个稻草人，离得远，二木不愿过去，但二木捡了块泥巴扔过去，二木说：扔死你金保，你是个十足的稻草人。扔过，二木拍拍手，走起来。

走了一会儿，二木发现他没往乡里去，而是往回走快到村口了。

二木就站了下来，他想去乡里告乡长又有些不想去。这样犹豫着，他没动，就站在路上。

有人看见二木站那儿一动不动，就笑他，还说：二木你站这儿做什么，稻草人一样。

绣花楼

王家村有一幢绣花楼，我去看过好几回。记得很早的时候，里面还住了人。后来，人就搬起走了。这王家村靠河，地势低，一涨水，村子就淹了。后来政府资助村民，让大家把村子迁到后岭上。也就是几年时间，王家村就搬空了。我后来再到王家村，看到房子都在，但村里空无一人，静得让人害怕。

这天，我又来到了王家村。我听人说一个摄制组在王家村的绣花楼拍电影，赶过来看。这天雾很大，白天就跟晚上差不多。我开着车，把灯亮着。村里还是看不见人，但把车停在绣花楼门口时，我忽然看见人了。一个像古装戏里的老汉走到门口来，但当他看到我的车时，又惊慌失措地跑了回去。我赶紧下车跟了进去。进去后，我还发现一个老妇人，穿粗布衣服，束着头，也像古装戏里的人。这场景告诉我，这里真的在拍电影。到他们跟前时，我跟他们打着招呼，说这里真的在拍电影呀？两个人没接我的话，他们指了门外的汽车，问着说那是什么？我有些奇怪，我说汽车呀，你们拍电影的人，还没见过汽车？两个人还是不明白，又说汽车是什么？我就在心里发笑，我说你们是什么朝代的人，怎么连汽车都没见过？说着时，我四处看了看，我发现屋里除了他们两个人外，就没看到其他人。按说拍电影应该有很多人，比如导演呀，场记呀，还有摄像什么的，但这里，我真的只看见两个人。我挺迷惑，便问他们说："这里是不是在拍电影？"

老汉说："拍电影，什么是拍电影？"

我说："你们到底是什么人，怎么连电影都不知道？"

我说话时，天越来越暗，白天就跟晚上一样。忽然，楼上有光亮起来。我不睬老汉了，往楼上去。两个人见我上楼，就在后面说："你怎么可以上绣花楼？"

我没睬她，几步就蹬了上去。上了楼，我看见一张小桌上点着一支蜡烛。一个也是古代装扮的女子，坐在蜡烛边绣花。我上来惊动了她，她扭头一看，见一个陌生人，大为惊讶，女子说："你是谁？"

我说："你怎么像古代的人，你们是在拍电影吧？"

女子没回答我，仍说："你是谁，你下去。"说着，女子大声喊着爹，还说这个古里八怪的人是谁呀？他怎么蹿上楼来？女子喊着时，老汉和老妇人上来了，老汉一边推我下去，一边说你怎么可以乱闯我们家绣花楼？我不下去，我说你们这里不是拍电影吗，我上来看看有什么不可以。女子这时就问了一句，女子说爹呀，这个人说拍电影，什么是拍电影呀？老汉说谁知他胡说八道什么？说着，用力要推我下楼。在这样推推搡搡中，就把我身上的手机掉了出来。我捡起来，却发现手机关机了。我按开机键，但怎么也开不了机。明显，是刚才跌坏了。见手机坏了，我便冲老汉发脾气，我说推什么推，把我手机都跌坏了。老汉还是茫然的样子，老汉说手机，什么是手机？那女子也现出好奇的神色，女子说爹呀，这是哪里来的怪里怪气的人哩，他说的手机是什么？我跟女子说你才怪里怪气哩，现在的人，哪个没有手机，我还有汽车哩。女子说汽车，汽车是什么？我说汽车就是会走的车。女子说要人推吗？我说不要，它自己会走。女子说我不信，还有自己会走的车？我说你不信就跟我下去看，我还可以让你坐我的车，想去哪里就去哪里。女子说我才不坐你的车哩，谁知道你是什么人？老汉见女子跟我说话，便说小兰不要理他。说着，老汉更用力地把我往下推。那老妇人，也过来了，一起把我往楼下推。

很快，我被他们推推搡搡推下了绣花楼。我觉得莫名其妙，我说你们到底是什么人，怎么什么也不懂。老汉说你出去，我们不欢迎你。老汉这样说，我待在这里就没什么意思了，我讪讪地走出绣花楼。然后发动汽车，一溜烟走了。

村里还是不见一个人，但这时候雾散了很多，天亮了些。忽然，我手机响起来，我才把手机放在耳边，就听到手机里说怎么回事，刚才你的手机怎么打不通？我说我也不知道怎么回事，无缘无故就关机了，开都开不开，现在没开机，也不知道怎么就通了。对方没再计较这事，只问了我一件事，就挂了。接了这个电话后，我更觉得奇怪，想了想，我把车往后岭上开。后岭上肯定能见到人，我应该去问问他们，这里到底住了些什么人？很快，我就到后岭了，我看见一户人家门口坐着一个女子。近些，我大吃了一惊，就像刚才老汉看见我的汽车一样吃惊。因为我看见门口坐着的女子，分明就是绣花楼上那个被老汉喊着小兰的女子。她们除了装束不一样，其他简直一模一样。我赶紧下车，跟女子说奇怪了，你怎么比我的车还快？女子听我这样说，便说你说什么呀？我说刚才我在绣花楼上看见了你，你怎么就到这儿来了？女子说我一直在这儿，你见鬼差不多。我说你是不是叫小兰？女子说对呀，我叫小兰。我说刚才我在绣花楼上见到的女子也叫小兰。女子说胡说八道，我们家的绣花楼已经二十年没住人了。我说那里是不是在拍电影呀，住了拍电影的人？女子说拍电影的人也在上个礼拜走了。我说那真见鬼了，刚才我明明看见绣花楼里住了人。女子说我不信，怎么会有这样的事。我说不信你可以跟我去看呀？女子说去就去。说着，拉开门，就上了我的车。

也就是一两分钟，就把车开到了绣花楼前。这时雾完全散了，太阳出来了。阳光下，我看见绣花楼的门关着，门上还挂着锁。我更觉得奇怪了，我急忙下车，推了推门，根本推不动。女子这时也下了车，女子说还说这绣花楼住了人，简直胡说八道。我说刚才这里真住了人。女子说你如果说上个礼拜这里有人，我还信，因为这里在拍电影，他们拍完了，就走了，门还是我锁的，钥匙现在还在我身上，我打开让你看看。女子说着，从身上拿出钥匙来，把门开了。我走了进去，里面真的没人，包括楼上，也是空无一人。只有一张小桌子上，有一支沾满灰尘的蜡烛。

出来后，女子又上了我的车。女子说胡说八道吧，这里根本就没住人。我说真不骗你，刚才里面明明有人，而且那个女子跟你一样叫小兰。我这样说，女子有些信了。女子说你走进了时空隧道吧，我告诉你，我有时候会梦见我住在绣花楼里，不是一次，而是无数次，反正总梦见我住在这楼里。其实我根本就没在绣花楼里住过，我出生前，我父母就从这绣花楼搬了出来。我有时候会问父母，说我怎么老梦见我住在绣花楼呀？我父母就说你大概前世住在绣花楼吧。你在绣花楼里看见的人，也许，就是我的前世吧。我说这样解释很合理，或许，我见到的，真是你的前世。说着话时，就到后岭了，或者说到女子家门口了。我让女子下车。女子说就到了呀，我还不想下车呢。我说不想下车就再坐一会儿吧。女子说好呀，再往前开。我听女子的，把车往前开。女子说感觉真好，你这是什么车呀？我说宝马。女子听了，兴奋起来，女子说这就是宝马呀？难怪坐起来这么舒服，一直开，我不想下车。

这天，我把女子带了进城。

女子后来跟我好上了，我经常开车到后岭去接她，然后到处去玩。一天，女子上车后，我跟她说："今天去绣花楼看看吧？"

女子说："那破地方，我才不去呢。"

长大

那时候我们总跟一个叫眯子的女孩在一起做游戏，我们好多好多孩子都喜欢跟眯子玩，包括一些老远跑来的孩子。当然，眯子自己也住在很远，我们都不知道她住在哪里。眯子一来，我们就围成一圈，然后眯子说起来：

一二三四五六七，我们大家做游戏——

接着大家一起说：

咕噜咕噜直，咕噜咕噜差，两个大西瓜，西瓜不好吃，唆——

我们边说边做动作，当说到“唆”时，我们都把巴掌伸出来。如果大家都出顺巴掌，有谁出反巴掌，那我们就捉住这个人。然后用手在他背上拍着说：小鸡小鸡我问你，你为什么不吃西瓜皮，现在规定打几下？那个被捉的孩子说：打七下。我们就打七下，打一下念一声：一、二、三——当念到七时，我们轰一下跑开了，都躲起来，让那个孩子找我们。

我们这游戏叫寻寻躲躲，有的地方叫捉迷藏，叫法虽不一样，但玩起来是一样的，我相信所有的孩子都玩过这游戏。

那时候我们几乎天天玩这种游戏，我们躲起来的时候，并不会屏声敛气，我们会喊一两声出来，以提醒找我们的人。眯子有时候还会唱起来：

寻寻躲躲，没见哥哥，哥哥叫，弟弟哭，躲在猪栏里变小猪。

这样叫，就很容易让找我的人找到了。找人的人找到一个人，高兴地叫一声。那个被找到的人就站出来，在边上等。等所有的人都找到了，游戏又重新开始。如果躲的人不作声，那就不容易找了。找不到人，便很难玩下去。有一次一个很小的孩子找我们，我们故意不作声，小孩找不到我们，就哭起来，边哭边喊：哥哥，哥哥呀！逗得我们躲在暗处哈哈大笑。

一天我们又在一起玩，我们先围在一起，咕噜咕噜直咕噜咕噜差地做那个游戏。这回，眯子的巴掌和我们不一样了，该她找我们了。但眯子不愿找，叫我替她找。眯子比我大，我平时有些怕她，她让我找，我不敢不找。在大家轰的一声散开后，我一个一个找起大家来，找到一个，我也很高兴地叫一声。到后来，除眯子外，所有的孩子都找到了，但眯子怎么也找不到。我每一个角落都去找了，比如楼梯下厕所里猪栏里包括一棵大柚子树上，我都找了。但就是不见她的踪影。到后来，我们十几个孩子一齐找起他来，并大声地喊着她："眯子——眯子——你在哪？眯子——你出来。"

眯子仍没出来，不管我们怎么找怎么叫，她就是不见人影。我们就觉得奇怪了，我甚至有些害怕了。那是晚上，一些影子跟着我，我生怕眯子变成了一个影子。

从那以后，我再没见着眯子了。我跟一些孩子，仍玩着寻寻躲躲的游戏，我玩着时，总会想着眯子。有好多次，我觉得我还在找着眯子，我很想很想找到她。一次，我还问了一个叫小毛的孩子，我说："你说，眯子到哪儿去呢？"

小毛说："她走了吧。"

我说；"她干吗要走呢？"

小毛说："我也不知道。"

我们继续寻寻躲躲，那天也不早，躲了一会儿，天就晚了。这时候又轮着我找别人，不知为什么，我一直记着那晚，我还以为我在找着眯子，而且一心想找到她。后来，我真看见她了。在朦胧的灯光下，眯子穿得很整齐，手里还夹着书。她又长高了好多个儿，已经比我高出一头了。我仰着头看了她一会儿，然后问道："呀，眯子，我总算找到你了。"

她不理我。

我又说："眯子，你怎么不理我。"

她还是不理我。

这时小毛也来了，他说："眯子，我们怎么总找你不到，你躲到哪里去。"

她这时开口了，跟我们说："你们叫我什么？"

我说："叫你眯子呀。"

她说："我不是眯子。"

小毛说："你不是眯子，那你是谁？"

她说："我是刘茜。"

我说："我觉得你就是眯子，读红星小学的那个眯子。"

她说："你错了，我在读初中。"

说着，她走了，但只走了几步，她又回过头说："你们怎么还玩这种小孩子的游戏。" 这回说完，她真走了，把我们晾在那儿。我们看着他，觉得她就是眯子，但她长大了，是初中生了。而我们，还是小孩子。

我忽然有些脸红了。

过后我再没玩过寻寻躲躲，再没在外面疯蹿癫跑了。

妈妈说我长大了。

第三辑

秋溪看油菜花开

Qiu Xi Kan You Cai Hua Kai

一棵又一棵树

在我老家，有两种树随处可见，一种是苦楝树，一种是乌桕树。

先来看苦楝树：

那一株翠绿的，文静秀气的，就是苦楝树了。相比之下，苦楝树确实要比其他树更绿一些。是那种翠翠的绿，绿得清新、绿得惹眼。苦楝树一般东一棵西一棵地长着，如果有一个地方，成片地长着苦楝树。我们远远地去看那片苦楝树，会觉得那儿是一片蔚蓝的天。如果是三四月间，苦楝树开花了，开那种淡红色的花。这时候就会觉得那片蔚蓝的天空里，飘着云彩一样，煞是好看。苦楝树也确实挺拔、文静和秀气。它不枝不蔓，挺拔修长。如果把树比着人，我觉得苦楝树像个女人，像一个文文静静、秀秀气气的女人。这女人在冬天里睡着了，是春天把她叫醒了。然后，她在春风里梳妆打扮，修饰自己。等她走出来，或者说等我们走近她，我们就发现苦楝树亭亭玉立了。玉树临风，是对苦楝树最好的阐述。说到风，风真的就来了，苦楝树摇曳着婀娜的身姿，在风里向我们点头致意。

在我们老家，有一个人，特别地喜欢苦楝树。我还记得，这个人叫楝子。他总在苦楝树下徘徊，这棵树看看，那棵树看看。见了人，他就说："苦楝树是最好看的树，挺拔俊秀。" 我对苦楝树的好感，也是楝子灌输的。但在农村，苦楝树基本是一棵无用的树。苦楝树结的果实也就是苦楝子据说有毒，人畜都不敢挨它。那一串苦楝子其实蛮可爱的，椭圆形的苦楝子，开始青青的，熟了，就变成黄色的了。苦楝子一结一串，像花生一样，玲珑剔透的样子。但这些可爱的苦楝子却没人采摘，它从来都是自生自灭，在树上长着，熟透了，就落了，没人管它。楝子看了，总觉得可惜，他总跟人说："苦楝子也是可以入药的。"但没人信他，甚至有人笑他，说楝子你去把它当药吃呀。楝子的自尊心就受了打击，有一天，他找了一本《辞海》来，翻到一页指给我看，我于是看见下面这段文字：

> 楝树，又名苦楝树，落叶乔木，高约10米。三四月间开花，淡红色，小形，核果卵状球形，径约1厘米，熟时黄色。种子长椭圆形暗褐色。木材可供建筑及制造器具。种子可入药，花、叶及根皮亦可入药。

我相信我老家很多人看过这段文字，但毫无作用，我们老家几乎就没人采摘苦楝子做药。苦楝子还是自生自灭，那一串可爱的苦楝子绿了，黄了，落了。偶尔，有孩子摘了苦楝子打仗，你扔他他扔你，来来去去，热闹得很。楝子见了，笑了。但随即，有大人喊起来：不要玩苦楝子，有毒。楝子听了，那笑就僵在脸上了。

苦楝树在历经春华秋实后，到冬天就面目全非了。没人会注意到冬天的苦楝树，甚至，没人认得出哪棵是苦楝树。但楝子仍在苦楝树下走过，看着一地的树叶和一地的苦楝子，楝子会心疼地说："这么好的苦楝子，怎么就没人利用它呢，简直是资源浪费。"

时至今日，我仍记得楝子这话。我相信我老家很多人也记得这话。我还记得，楝子这话说过，村里就有人说："楝子你去利用它呀，这些苦楝子等着你来开发利用呢。"

但楝子也是心有余而力不足。

前几天，我忽然在报纸上看到一条新闻，说是有人将苦楝子炼成了生态柴油。这种苦楝子炼成的柴油也可以驱动汽车拖拉机，而且更环保。我不知道楝子看到这这条消息没有，如果看到了，楝子一定会觉得很欣慰。

再来看乌柏树：

那一株长满枝丫的、缠满树叶的，就是乌柏树了。与挺拔俊秀的苦楝树比，乌柏树则要显得粗糙一些。乌柏树从很小的时候，那些枝丫就不停地冒出来，这些枝丫横七竖八地长着，以至于有些乌柏树没有长成一株树，而长成一蓬树了。显然，乌柏树像个男人，而且，这是一个不修边幅、胡子拉碴的男人。但这棵不修边幅的乌柏树绝对又是一棵好看的树，春天的时候，一树油绿。秋天了，树叶就红了紫了。我们老家没有枫树，我们知道枫叶在秋天里就红了，“停车坐爱枫林晚，霜叶红于二月花”，这枫叶，被人比作花了。我们见不到花一样的枫叶，但我觉得，乌柏叶同样像花一样好看，细细的一片树叶，红得鲜艳，真的比花还好看。在深秋里，乌柏树是多姿多彩的。一些树叶红着紫着或者黄着，另一些树叶还绿着，也是那种青青翠翠的绿。这时候乌柏子熟了，乌柏子脱去外衣，就生生的白。一棵树上有红有绿还有白，当然好看。如果哪儿长着一片乌柏树，远远看去，那绿叶蔚蓝在一起，恍若天空，红的紫的乌柏叶就好比云彩。而那些白白的乌柏子，看着便像闪烁的星星了。孩子们最喜欢到这片星空下去，他们手拿长杆，打乌柏子。一竿子打下去，乌柏子落雨一样，沙沙地往下落。树下放满了孩子们的篮子，乌柏子就落在篮子里。一棵树打完，孩子们又蹦蹦跳跳跑到另一棵树下。有孩子的光顾，乌柏树下就热闹了，满是欢声笑语。不像苦楝树，整天都是寂静的，寂寞得很。

孩子们打了乌柏子，便拿到村口黑子店里去卖。在我们老家，黑子是最早开店的。他开的店真的是做买卖，也就是既买又卖，不像有的店，只卖不买。黑子店里卖的是日用百货，同时他还收购一些废铜烂铁，也收乌柏子。孩子们打了乌柏子，都交到黑子店里去，黑子再交到镇上一家收购站去。

乌柏子的用途大家也是知道的，我就在黑子店里看过一本辞典，上面对乌柏树做过介绍，是这么写的：

乌桕又名蜡子树、木油树,初夏开花,雌雄同株,花期4—7月,10—11月果熟,蒴果扁球形,裂开露出3粒种子,外有白蜡,所以又名白蜡果。乌桕用途很广,桕蜡是肥皂、胶片、塑料薄膜、蜡纸、护肤脂、防锈涂剂、固体酒精和高级香料的主要原料;皮油还含有约14%的甘油,是制造硝化甘油、环氧树脂、玻璃钢和炸药的重要原料。用种仁榨得的青油(梓油或桕油),可以制造高级喷漆。乌桕性凉味苦,叶、根及根皮均可入药。

我相信村里很多孩子也看过上面这段文字,他们都知道乌桕子的用途。所以,孩子们打起乌桕子来是很认真的,一棵棵树打过去,不漏一棵。也就是说,他们不会让那些乌桕子浪费在树上。打了一整天,孩子们的篮子差不多就满了,但这一篮子的乌桕子卖不到多少钱。很早的时候,也就是几分钱一斤。现在,四五毛钱一斤。一篮子乌桕子,现在,也只能卖个两三块钱。但孩子们的目的好像不在钱上,他们只是喜欢做这一件事。

但现在,乌桕子好像没人收了。我见到过黑子,他就告诉我,他不打算收乌桕子了,原因是上面没人收。但黑子说是这样说,当看见孩子们辛辛苦苦打了乌桕子来,黑子就有些于心不忍了,他还是收下了。上面真的没人收乌桕子,黑子收的乌桕子都放在几个大谷仓里,至少有2000多斤。看着这些乌桕子,黑子有些忧心忡忡了。

前不久,我回老家,半路上看见了黑子,问他乌桕子卖了没有?黑子告诉我,他已在网上发了帖子,我们这儿没人要,但我相信别的地方会有人要。

但愿黑子的希望会实现。

告别黑子,我继续往老家去,一路上,我看见一棵又一棵树。

一棵是苦楝树,又一棵树,毫无疑问,它是乌桕树。

做两种小吃

苦槠豆腐

有一种高大的乔木，叫苦槠树。翻开辞书，里面有这样一段介绍苦槠树的文字：

> 苦槠，山毛榉科。常绿乔木，高达20米。叶革质，矩圆形或矩圆状卵形，通常中部以上有锯齿，下面有淡灰色蜡层。五月开花，当年成熟。产于我国长江流域及以南低山丘陵平原，耐阴。木材坚实耐用，供建筑用，并可制造家具或其他器具。种子可制苦槠豆腐。

苦槠树确实长得高大，说得文气一点是树大如冠。说得土一点，则苦槠树像伞一样。记得我们村口，就有一棵像伞一样的苦槠树。夏天的时候，苦槠树下坐满了男男女女。男人坐树下吸烟，女人在树下纳鞋底。而我们这些孩子，则在树下蹦蹦跳跳。记得有一个叫小兰的，不怎么跳，她喜欢仰着头，问着大人说："苦槠子什么时候从树上落下来呀？"

大人说："过了大寒，苦槠子就会从树上落下来。"

的确，一过大寒，树上的苦槠子就刷刷地往下掉。

这时候，没人再在树下坐了。树下有人，都是些捡苦槠子的人。那个小兰，更是每天提只篮子，在树下捡着。有时候，小兰还会捡一块石头，往树上扔。石头落下来后，一些苦槠子便落雨一样，沙沙地落下来。

苦槠子可以做苦槠豆腐，工序不是很复杂，但要有耐心。捡了苦槠子来，先暴晒几天，把外面那层硬壳晒得裂开后，便把里面的仁剥出来。然后用水浸，要浸好多天，三四天或五六天，每天都要换水。开始浸的时候，水是黄黄的，浸了几天，水就清了。这时候便可以磨了，和着水磨，像磨米一样。磨好，还要漂。把苦槠粉漂在水里，也要漂好长时间，并天天换水。漂的时候苦槠粉会沉在下面，换水，就是倒了上面的水。漂了几天，水清了，就可以做苦槠豆腐了。这道工序是把苦槠粉放锅里熬，熬的时候水的把握很重要，水多了，太稀了，成不了苦槠豆腐。水少了，太稠了，也成不了苦槠豆腐。苦槠豆腐是一种很好吃的食物，做得好的，一点也不涩，吃在嘴里，十分有味。

那个小兰，小时候天天在树下捡苦槠子。等她大了些，十五六岁吧，她就会做苦槠豆腐了。记得小兰二十岁的时候，跟村里军军好。这里说的好，就是谈朋友。但军军娘不同意，原因是军军家里和小兰家里有气。用乡下的话说，他们两家是冤家。小兰和军军不管大人这些，照样好。不是偷偷摸摸的好，而是公开的好。不仅如此，小兰做了苦槠豆腐，还会拿到军军家里去。见了军军娘，没肝没肺地喊一句说："军军娘，我做的苦槠豆腐，拿你尝一下。"

那个冬天，小兰三天两头往军军家跑，见了军军娘，总喊："军军娘，我做的苦槠豆腐，拿你尝一下。"军军娘开始拉着脸，但后来，脸上也了有笑意。

军军娘后来同意了军军和小兰好。军军娘说小兰不仅勤快，而且心好。他们一结婚，两家也从冤家变成了亲家。

前不久我还见过小兰，抱着一个胖娃娃坐在苦槠树下。脸上，笑笑的样子。

凉粉

有一种蔓生植物，必须攀爬在别的东西上，它才能更好地生长，薜荔就是这样一种植物。辞书里是这样介绍薜荔的：

薜荔，亦称“木莲”、“鬼馒头”。桑科。常绿藤本，含乳汁。叶厚革质，椭圆形，下面有凸出的网脉。夏秋开花，雌雄同株，花极小，以后发育成倒卵形的复花果。产于我国中部和南部，亦见于日本、印度。乳汁含橡胶成分。果实富果胶，可制食用的凉粉。茎、叶、果供药用，有祛风除湿、活血通络、消肿解毒、补肾、通乳作用。

在我们村里，到处有薜荔，村口那棵苦槠树上，就爬满了薜荔。薜荔不但会攀爬在树上，也会在墙上攀爬。柳宗元在诗里说：“惊风乱飐芙蓉水，密雨斜侵薜荔墙。”这薜荔墙，就是爬满薜荔的墙。在我们村里，有一个人是看过柳宗元的诗的，这个人就是文文。文文读过高中，差几分没考上大学。没考上大学，只得回乡务农。但读过书的文文，明显与村里那些地道的农民不同。文文在刮风落雨，在风吹荷花荷叶，在雨打着墙上的薜荔时，总会站在门口吟道：“惊风乱飐芙蓉水，密雨斜侵薜荔墙。”村里一个小青，还有一个小红，她们听了，就笑着说：“文文，你是不是以为你还在学校呀？”

文文也笑了。

夏天的时候，文文很喜欢吃凉粉。这凉粉，就是用薜荔的果实做的。在我们抚州，把薜荔的果实叫作彭颈子。在我们村，像文文一样喜欢吃凉粉的人多得很。村里很多人，或者说村里男女老少，都喜欢吃凉粉。与苦槠相反，苦槠子在大寒的时候才会从树上掉下来。而彭颈子，则在大暑过后才可以摘。这时摘的彭颈子，才能做出凉粉来。

做凉粉的工艺更简单,也快。把彭颈子摘下来后,挖开,把里面湿湿的籽取出来。这籽,才是做凉粉的籽。凉粉籽取出后要放太阳下晒,但又不能晒得太干。晒一两个小时,那湿湿的凉粉籽因为失去了水分,便开始收缩。这时候,那些凉粉籽看起来便像虫子一样,会蠕动着。这时候便把籽收起来,放在一个口罩做的袋子里,然后放水里浮。如果籽多,也可以放脸盆里,在搓板上搓。搓出的水黏黏的,把这些水倒入盆里,用布盖好,等水凝结了,就是凉粉了。做得好的凉粉是透明的,一点杂质都没有。吃起来滑滑的,口感非常好。

文文喜欢吃凉粉,当然也会做凉粉。夏天的时候,总看见他爬到树上去摘彭颈子。摘不到的地方,用竹竿打。以前,还在文文读高中的时候,文文打彭颈子的时候,边上总站着那个小青。文文打下了彭颈子,小青跑过去捡起来。随后,小青还跟着文文一起做凉粉。那时候,我们都觉得小青是文文的女朋友。但后来,文文回乡务农后,情况就变了。这年夏天文文再去打彭颈子,边上并没有小青。文文做好凉粉,喊小青吃,小青也不吃,说吃了凉粉会拉肚子。小青不吃,别人吃,村里那个小红,在文文喊小青吃凉粉时,总说:“怎么不叫我吃呀?”

这时候,我们其实看了出来,小青可能是嫌文文没考取大学,不想跟文文好了。而小红,她可能喜欢文文有文化,喜欢上了他。我们的猜测没错,小青后来跟文文没怎么联系了,见了,最多点点头。而小红,则整天屁颠屁颠跟在文文后面。文文打了彭颈子下来,小红总是笑着跑去捡。

文文后来和小红结婚了,闹新房的时候,有人让他们吃凉粉。但那是冬天,没凉粉,有人就找来一个彭颈子,用绳子吊着,让他们对着咬。彭颈子哪里能吃,但他们还是笑嘻嘻地对着咬起来……

乡村果树

枣树

村里枣树最多。

枣树是一种很秀气的树，枣树的叶子不是很绿，是那种浅浅的绿。绿是乡村的底色，绿的禾苗，绿的瓜绿的菜以及各种树藤叶草，都是绿的颜色。但这些绿似乎千篇一律，都是深绿色，绿油油的一片。只有瘦弱的枣树上那细细的叶，是浅浅的绿。这绿就给人文静或秀气的感觉，一个村庄，门前屋后有了枣树或者进村的路边都有枣树，这个村庄都会让人觉得很秀气。

枣生的门前屋后就有枣树。

枣生的枣树很会结枣，夏天的时候，枣树上结满了密密麻麻的枣。枣生有空，会站在树下看那些枣。有一两个枣开始泛红，枣生会摘下来塞进嘴里。但这枣不好吃，是乡里最普通的康枣，况且也没熟，吃进嘴里的枣，味同嚼蜡，但枣生还是把它吃了。天气越来越热了，枣也一天一天熟了。这时的枣，一半是红的，一半是绿的，仍是那种浅浅的绿。一棵树上的枣红了，那树就好看了。远远看去，觉得那枣树上星星点点有火光在闪。这时候枣生站在树下，一脸开心。枣生还是会时不时地摘一颗枣往嘴里塞。有邻居往跟前走过，枣生会跟人家说："吃枣子。"

村里很多人家都有枣树，人家在枣生说过后摇摇头说：“不吃。”

枣生是真的想让人吃枣，枣生会迅速摘下一把塞给人家。人家见枣生这样客气，便不好意思不拿了。人家用手接住，还塞一个进嘴，然后说：“熟了。”有些孩子不懂事，枣生把枣塞给孩子，孩子不要，孩子说：“你这是康枣，不好吃。”

枣生还是把枣塞给孩子，枣生说：“不好吃也吃。”

枣生门前屋后两棵枣树，能收好几十斤。收枣的时候，枣生在枣树下垫一块塑料布，然后用一根竹竿在树上打枣子。枣子落下来，雨点一样，噼里啪啦响着在塑料布上。村里孩子见了，围过来看，枣生见了，跟他们说：“吃枣，吃枣。”

孩子们便拣一些红的大的吃，吃过仍说：“不好吃。”

枣生家的枣，确实不好吃，不仅是枣生家的枣，村里其他人家的枣也不好吃。那村是个大村，村里有墟，逢三六九当街。枣生和村里人把枣打下后，当街的日子，便拿出来卖。当然，不仅仅只卖枣，还卖菜，枣只是顺带着卖。这种枣烂便宜，才几毛钱一斤。以前，枣生家里几十斤枣，卖半个月或一个月，还是能卖掉。后来，卖两个月也卖不掉。卖得再便宜，也没人要。

这时候还真没人吃枣生家的枣了，枣生他们村离城不远，城里的超市里有各种各样的枣。有一种脆枣，又甜又脆。这种脆枣，后来枣生村里也有卖了。村里有人开了一家超市，卖各种各样的东西，光枣就有好几种，有脆枣、蜜枣、金丝枣，哪一种枣，都要比枣生家的枣好吃多少倍。吃了这些枣，再没人想吃枣生家的枣了。为此，枣生的枣没人买了。

枣生后来不再把树上的枣打下来了，反正卖不掉，自己也吃不完，就让它在树上。但枣生还会时常站在树下，看着一树的枣摇头。这时候有孩子站在枣生身边，枣生会迅速摘下一把枣给孩子，还跟孩子说：“吃枣。”

孩子不要，孩子说：“你家的枣没有超市的脆枣好吃。”

枣生说：“脆枣贵呀，我家的枣不要钱。”

孩子还是不要，跑走了。

一天，有一伙城里的年轻人到乡下来玩。在枣生家门口，一个人发现树上有枣，这人发一声喊：“树上有枣子。”几个人听了，就到树下来。他们想摘，又有些不好意思。这时枣生出来了，一个人便看着他说：“可以摘吗？”

枣生说：“可以，想摘多少摘多少。”

城里人就摘起来，往嘴里塞，枣子不好吃，但城里人不在乎，他们在乎的是树上有果实让他们摘。这样，他们就觉得很好玩，很快乐。枣生在边上，不停地说：“多摘些，想摘多少就摘多少。”不仅说，还帮他们摘。一个女孩，很为枣生感动，跟他说：“大伯，你真好。”

枣生笑了。

一伙人走时，枣生竟有些不舍，枣生说：“有空再来。”

柚子树

村里柚子树也很多。

相对瘦弱的枣树，柚子树便要粗犷得多。枣树的枝干和叶子都是细细的，柚子树不同，枝干粗壮，叶子也粗大。如果枣子树是弱女子，那么柚子树便是壮男子了。柚子树也有栽在门前屋后的，但多半，柚子树会栽在空旷一些的地方，比如禾场上。柚子树的叶子是深绿色的，到了冬天，树叶便是暗绿色的了。这时枣树的叶子黄了落了，柚子树的叶子还缠在树上。在冬天里，一个村庄有很多柚子树，这个村会让人觉得很古朴。

李柚的禾场上便有一棵柚子树。

这棵柚子树很大，叶很稠密，它像一把撑开的伞，是一把巨大的伞。夏天的时候，很多人在树下乘凉，男人抽烟，女人纳鞋底，一些孩子，则在树下跑来跑去。落雨了，树下的人听到雨点打在树叶上，沙沙作响，但树下的人还坐着不动。柚子树的叶子确实很大，它能把雨托着。柚子树结果了，一个个柚子吊在枝干上，一天比一天大。这时候有孩子爬上树去，李柚见孩子爬在树上，便会在门口喊："柚子还没熟。"

孩子说："我不摘柚子。"

李柚又说："不摘柚子爬树做什么，下来，摔下来谁负责呀。"

孩子就从树上爬下来。

柚子一天一天黄了，熟了。李柚会摘几个向阳的柚子，放屋里。有孩子爬树，李柚便说："莫爬树，我这里有柚子，下来吃。"

孩子仍说："我不是摘柚子。"说是这样说，但孩子还是下来了，接过李柚递过来的柚子，吃起来。

李柚家的柚子，算得上好吃。柚子不是很大，但是红瓤，吃起来满嘴生津，不苦，但还是有些酸。这味道，比起村里其他人家的柚子，算是好吃的。为此，还是有些孩子或年轻人会在傍晚时打一两个柚子下来，然后躲在一起吃。李柚对树上的柚子心里有数，他知道被人打了柚子，但李柚不说，搁在心里。李柚的老婆没有这么好的脾气，她看见柚子少了，总是大着声音说："谁打了我家的柚子？"

李柚这时会制止她，李柚说："叫什么叫，不就是几个柚子吗？"

柚子熟了，李柚把柚子摘了，然后左邻右舍一家给两个。有多的，也等当街的时候卖。很多人知道李柚家的柚子还好吃，为此，李柚的柚子不要多久便会卖掉。

这一天，又有几个城里人到村里来玩。那时候李柚树上的柚子又黄了，几个城里人便抬头看着柚子，不愿走。李柚这时走了过来，他们见了李柚，问着道："你这柚子好吃吗？"

李柚说："好吃。"李柚说着，拿竹篙打了两个下来，还用刀破了给他们吃。城里人吃过，眨眨眼说："很酸呀。"

李柚说："不酸的柚子，那叫柚子吗？"

城里人说："比起城里卖的沙田柚，差远了。"

这是李柚第一次听说沙田柚。

后来，李柚就吃到沙田柚了。那时李柚树上的柚子还是青青的，城里就有沙田柚卖。那柚子特别大，一个能顶李柚树上柚子的四五个。有人从城里买了来，破了后给李柚吃。李柚吃过，一脸惊奇，李柚说："这还叫柚子吗？"

沙田柚后来到处都有卖，李柚村里的超市也有卖了，用那种红色的编织袋装着，鼓鼓囊囊，堆在超市里小山一样。这柚子便宜，才5角多钱一斤。柚子好吃，又便宜，便有人买。村里很多人都喜欢买沙田柚吃，那超市里的柚子，有时一天就能卖掉一袋多。

秋天了，李柚树上的柚子也熟了。李柚这时把柚子送给人家时，没人要了，他们跟李柚说："我们这种土柚子硬是不好吃。"

孩子则说："我们不吃你家的柚子，我们吃沙田柚。"

这样的柚子，也卖不掉。当街的时候，李柚拿出来卖，但没人买。有跟李柚熟一些的人，跟李柚说："你还拿这样的柚子出来卖呀？"

李柚笑笑，不好意思的样子。

李柚第二年出去了，跟老婆一起出去。李柚的儿子在广东成了家，生了孩子。李柚的老婆去带孙子，李柚则在广东打工。人在外面就顾不上柚子树了，但有一天，李柚还是跟亲戚打了个电话，李柚跟亲戚说："树上的柚子还是蛮好吃的，你告诉村里人，谁要谁都可以摘。"

亲戚说："我会把你的意思告诉大家。"

李柚这年过年都没回来，快到清明时才回来。到家一看，树上的柚子全都落在地下。因在地下很久了，有些柚子都烂了。

李柚呆呆地看着，很心疼。

乡村老人

老人只有七十几岁，又瘦又小，脸上全是纵横交错的沟沟壑壑，背还驼着。这样看起来，老人要比实际年龄大一些。有人问老人高寿？老人反问人家说你看我有多少岁？很多人就说老婆婆你有八十岁吧？老人说我今年七十五。问的人有些不好意思了，跟老人笑一笑。老人没有怪人家的意思，老人说乡下人，显老。

老人说得没错，乡下人都显老。乡下事多，地里田里家里，都有做不完的事。就拿老人来说，老人要带一个孙子和一个孙女。老人养了一群鸡，一群鸭，老人还种了一块地。地不是很大，但老人什么都栽。辣子茄子韭菜空心菜小白菜，南瓜冬瓜西瓜和丝瓜以及扁豆豇豆四季豆，还有萝卜芋头薯。老人几乎整天都在里忙，但老人喜欢在地里。老人看着地里的菜一天天成长，看着地里的菜开花结果，心里很高兴。比如辣椒开花了，老人会蹲下来，很认真地看。那白白的细细的花，花里面藏了一只小辣椒，嫩绿嫩绿的小辣椒，只有一丁点大，但在老人目光的关怀下，那辣椒就一天一天大了，由嫩绿变为深绿，然后变红。这时候，老人就会喜不自禁地摘下辣椒。在辣椒开着白白的花的时候，茄子也开花了。茄子的花是茄色的，比辣椒花大很多。茄子也躲在花里面，它们也跟辣椒一样，在老人关怀的目光里一天天变大。老人地里还栽了丝瓜，栽了丝瓜就要搭架子，那一根根丝瓜藤会顺着架子往上爬。丝瓜开花了，黄色的花，把老人搭的架子挤满了。这样看起来，丝瓜花不是一朵朵地开，而是一篷一篷，一簇一簇地开。那丝瓜就在花的后面，长长的，只有筷子那么粗。慢慢就大了，有指头大了，再后，会长成棒槌一样。和丝瓜花一样颜色的是南瓜花，南瓜花特别大，老人觉得在整个菜里面，就数南瓜花大。种南瓜就不用搭架子了，南瓜藤贴着地爬，爬哪里算哪里。长出的南瓜有的看不到，都被叶子遮住了。老人有时候往南瓜藤里走过，忽然一脚踢过去，就踢到一只很大的南瓜了，让老人意外地惊喜。老人那块地还真不小，地里还栽了扁豆胡子和包菜，扁豆开紫色的花，也在老人搭的架子上开成一团。胡子的花很大很白，地里栽一大片胡子，那花就很耀眼了，远远看那片白白的胡子花，像云朵一样。这么多花开着，那就是春天了，或者是夏天。这时候地里真的是五花八门五颜六色五彩缤纷。老人有时候累了，在地边上歇着，看着那些花，老人心里也开了花一样。

老人有的时候真的很累，地里那么多东西，有的，可以不怎么管，比如红薯，南瓜还有韭菜萝卜，就不用老人费什么劲。但有些却要花很多力气，比如芋头，就要浇很多水，老人下午要花很多力气去浇芋头的水。还有辣椒扁豆，也是要花力气的。扁豆容易长虫，老人要花很多精力去捉虫。有人看见老人捉虫，就笑老人，说你还捉虫呀，买点农药，虫子都会打光。老人笑笑，老人说我的菜不打农药。说的人又笑，说那你会累死。老人不再作声了，老人的眼神不好，她一说话，就看不到虫子了，老人静下心来，一只一只把虫子捉掉。

老人连虫子都一只一只去捉，说明老人在她的土地上用了心，花了力气。土地是不会欺骗人的，土地给了老人丰厚的回报。老人地里栽什么像什么，栽瓜得瓜，种豆得豆。就说老人栽的辣椒吧，一只一只翠翠绿绿，又长又大，而且多，那些辣椒像是为了报答老人，争先恐后长出来。还有扁豆，也是满藤都是，这里一团那里一簇，看得人眼花缭乱。丝瓜也不甘示弱，一只一只吊在藤上，有风吹来，一只只丝瓜摇摇晃晃，像顽皮的孩子，惹人喜欢。空心菜满地爬，也是翠翠绿绿，一块空心菜地，像铺了一块绿毯。挖出来的薯又大又圆，红扑扑好看，让老人喜笑颜开。

老人吃不了她地里栽出的东西，老人要拿到城里去卖。每天都去。城里离老人家有十一二里，老人要一大早就出门。老人也挑不了多少，通常是几把韭菜，几把大蒜或者青菜，空心菜小白菜，加拢来，也不过十几斤。但就是这些东西，老人也要在路上歇好几次。路上有熟人碰到老人，就跟老人打招呼，说上街卖菜呀。老人说卖菜。也有人说上街卖什么呢？老人就把筐里的菜报出来。筐里有韭菜，老人就说卖韭菜，筐里有空心菜，老人就说卖空心菜。又有人说你这么大年纪了，在家歇着吧。老人说做些事更好，歇下来，身体就不舒服。说着，就到城里了。老人才把担子放下，就有人过来，他们有的人经常买老人的东西，知道老人的东西不打农药。有这样的常客，老人的东西就卖得非常快，有时候好像才放下担子，老人担子里的东西就没有了。这些常客里面，甚至有人专门等着老人，专门买老人的东西。有几天老人没来，那等她的人就很失落。再看到老人，他们就说你去哪里了？怎么没看到你？老人就不好意思的样子，说家里忙，这几天没来。也就是说话的工夫，老人担子里的菜就卖得差不多了。有一个人，知道老人住的地方离城里有十几里远，他们觉得老人辛辛苦苦上街一趟，担来的菜却卖不了几个钱，这人就跟老人说还是在家歇着吧，你走了半天到城里来，只买到几块钱，不划算。老人说没什么划不划算，地里的东西，卖了才好。

有一天，老人挑了萝卜上街，但这天街上都是萝卜。有人见老人来了，问她萝卜几多钱一斤。老人说五角。买萝卜的人就说你看满街的萝卜，你怎么卖得到五角，别人都卖三角。老人说三角就三角。那人看老人的萝卜好，就说我一起买，你两角卖吗？老人犹豫了一下，同意了。那担萝卜总共才二十几斤，老人只卖到五块钱。卖完萝卜，老人往回走。路上，老人吃了一碗粉，又给两个孙子买了几个包子，五块钱一下子就没了，但老人很满足，一路打着饱嗝回了家。

这天，老人又担了萝卜去卖。这已是冬天了，天很冷，甚至都结了薄冰。有人见老人还要上街，跟她说天这么冷，萝卜又不值钱，别去吧。老人说不值钱也要卖了它，总不能让它烂在地里吧。说着，老人慢慢往前去。不一会儿，落雨了。老人停下来，为自己打起一把伞。这是老人小孙女的伞，新红的颜色。于是，雨中缓缓地有一把伞在动。那新红的颜色，在草枯叶黄的冬天分外醒目，她像是一团火，给冬天捎来了温暖的气息……

秋溪看油菜花开

秋溪在临川西面，与崇仁的航埠隔河相望。

去到秋溪，有两种景致好看。秋天的时候，棉花开了。棉花不是花，但开起来，闪闪烁烁，也像花一样好看。秋天的秋溪，到处是棉花，一片又一片，远远看去，天上的云彩一样，煞是好看。秋溪的另一种景致，就是油菜花开。这是一种更热烈，更灿烂的景致，更值得一看。

去秋溪有很多路可走，从临川上顿渡走崇岗乡公路，过连城，便到秋溪了。从抚州行政中心往前去，穿过抚八线，经连城，也可去往秋溪。坐车而去，车还没到秋溪，便闻到阵阵清香了。香味不浓，比不上栀子花，也比不上白玉兰。这香，淡淡的，但沁人肺腑。香气里，忽然就看到油菜花了。远处，近处，黄灿灿地开着。

秋溪有栽油菜的传统，冬闲季节，全乡 70% 的田里栽种了油菜。这就与别处不同了，别的地方也有油菜，但那只是一小块一小块地栽着。花开了，东一块西一块。虽然也有争美斗艳的景致，但终究小气。秋溪的油菜一栽一大片，油菜一栽，便把一个草木枯黄、红衰绿减的冬季装扮得翠翠绿绿了。而后，油菜花开了，也不是全开，只是开一朵两朵三朵……在一片翠绿里，露几点淡淡的黄。这几朵花明显要比别的油菜高出许多，花儿摇曳着，像在向同伴点头说话。风是花儿的声音，风说快开花吧！快开花！在风的声音里，那些油菜一起开花了。这花一开，便漫山遍野铺天盖地，把天地都璀璨得明亮透彻。人在花里，走上好几里，还在花中。于是就在花里迷失，茫茫花海，不知身在何处。有时候登高一望，满眼是花的世界，花的海洋。清风徐来，清香扑鼻。于是就觉得到了一个美妙的地方，如仙境般。

其实，在油菜花开的时候，秋溪人也知道自己生活在仙境里。他们会走出门来，在花里徜徉。那些姑娘，更喜欢在花里流连。姑娘们三五成群，她们在油菜花里一站，便站成了“人面花儿相映衬”的景致了。相机不是什么稀罕物，大家都有，于是拍下了这美的好景致。

秋溪有圩，逢一、四、七当街。当街时，买的卖的从四面八方赶来。四面八方都是油菜花，农民也就是从油菜花里钻出来。那些花儿，伸一枝过来，又伸一枝过来，要挽留过往的农人，终究没有把人留住。但把一些花汁，拂在人身上了。到圩上的农人，忽然就发现身上沾了些许花汁。农人也不介意，用手拍一拍，抹一抹，于是就拍出了抹出了花的香气。这香气在街上弥漫，一条街又香了。在这花香里，农人笑走来，脸上，也开了花一样。

孩子们多半不去赶圩，他们一伙一伙地跳起皮筋来。就在开满油菜花的路上跳着，在清清的花香里，孩子们跳得轻盈活泼。一边跳着，还一边唱着好听的儿歌：

冬天的乡村寂静了／天气冷了／雪花飘了／还有那牛羊／不敢出栏了／可是那些孩子／出门了／擦着火柴／点着鞭炮／爆竹声里／孩子们和雪花一起嬉闹

其实，有油菜花开着，有孩子们好听的歌声，乡村已经不寂静了。

孩子们还在唱着：

冬天的乡村寂静了/树叶落了/草儿黄了/还有那些鸟儿/飞走了/可是勤劳的人民/出门了/地耕好了/油菜栽了/等到油菜花开/春天来了

在孩子们的歌声里，我忽然想起，春天真的来了。

朋友，现在还是春天，到秋溪来吧，看油菜花开。

我们听到青蛙的歌唱

我经常跟朋友去一个叫山下范家的地方，我们往村口一条路去，走几百米，就到山里了。也不是什么大山，只是一些小山。山上山下到处栽着桃树梨树和橘子树。很多时候，我们会爬到那矮矮的山上，这时候桃花开了，我们会看到一片姹紫嫣红。其实，远处有大一些的山挡着，我们的视野并不开阔，但眼前的一切，也让我们赏心悦目，像精致的盆景。山下有一口塘，只有一个篮球场那么大。水塘四边长满了草，也长着很多树。很多时候，我们看到水塘静静地卧在那儿，没有一点声息，给人一种神秘的感觉。

一天，我们来到水塘边，这年干旱，虽然只是春夏之交，水塘里也没有多少水。水塘大部分地方见底了，只有中间还有些水。当然，还有一些小水坑里，也有浅浅的水。我们当中眼睛好的，还看到小水坑浅浅的水里有蝌蚪。还有些干涸的水坑里面也有蝌蚪，但那些蝌蚪已经干死了。有些水坑里干得只剩下烂泥，里面也有蝌蚪，但那些蝌蚪已是奄奄一息了。看着那奄奄一息的蝌蚪，我们的心情有些沉重了，一个人还说："天这样干，那些蝌蚪也会活不了。"

一个人说："要不，我们把那些蝌蚪移到塘中间深水里去吧？"

这话得到大家的赞同，我们立即行动起来，我们脱了鞋，跳到塘里，然后两手合在一起，先把烂泥里的蝌蚪捧到水里，然后又把那些浅水里的蝌蚪也托到水里。当烂泥里和浅水里再没有了蝌蚪，我们才直起腰互相看看，笑起来。

两三个月后，我们又来到了水塘边。可能夏天落了很多雨，水塘里的水已经很满了。忽然，我们听到水塘里有青蛙的叫声，先是塘那边哇地一声，接着塘这边应了一声，然后满塘都是哇哇的叫声，此起彼伏，不绝于耳。听到青蛙声，我们很欣慰，因为，这些青蛙里面肯定有我们救过的，是我们一只一只把它们从烂泥里或浅水里捧到深水里去，它们才躲过一劫，才有今天的生命。我们中的一个人肯定也是这么想的，他说："我们救过青蛙的命，它们在欢迎我们哩？"

一个人说得更有诗意，他说："我们听到青蛙的歌唱。"

的确，我们听到了青蛙的歌唱，日后，我们还来过几次，我们来到塘边，仍然是一只青蛙先叫起来，接着有青蛙应一声，然后塘这边，塘那边，满塘的青蛙都叫了。那高一声，低一声，长一声，短一声，轻一声，浅一声的歌唱，犹如天籁。也有青蛙扑通从水里跳出来，我们想，那青蛙一定在哪儿的草里看着我们。

当然，也有例外的时候。

一次，我们又来到塘边，这天，我们在塘边看到几个孩子。孩子把一根绳子绑在树枝上，然后把绳子伸进塘边的草丛里。我们不知道孩子做什么，我们问："做什么呢？"

“钓青蛙。”一个孩子说。

另一个孩子则说：“没有青蛙了，钓不到。”

我们前不久还在这儿听到青蛙的歌唱，我们不相信没有青蛙，但侧耳细听，果然，我们没有听到青蛙的叫声。

不久，孩子走了，他们才走，一只青蛙就叫了起来，然后，满塘的青蛙都叫了。也是此起彼伏，不绝于耳，青蛙又开始了它们的歌唱。但就在青蛙欢唱着时，一个人走来了，这人我们认识，我们叫他老范，是个专门在山上捉石鸡，水里捉青蛙的人。他跟我们也熟，他说：“你们在这儿做什么呢？”

我们说：“我们在听青蛙叫。”

老范说：“胡说八道，哪里有青蛙，我怎么没听到。”

老范说过，我们真的就没听到青蛙叫了，青蛙又停止了歌唱。

不过，老范一走，青蛙又叫了。那高一声，低一声，长一声，短一声，轻一声，浅一声的鸣叫，真的就像歌唱一样，拨动着我们的心弦。

向他们学习

他们是两个人，先来说他们中的一个吧。

有一段时间，我经常到公园去打乒乓球。公园里有两张乒乓球桌，每天都有很多人在这儿打球。其中一个女人，有四十岁左右。我不知道这个女人叫什么，但听别人喊过她李阿姨。李阿姨球打得并不好，甚至可以说她不大会打球。但李阿姨并不在意，她说她打球的目的只是为了锻炼。我相信她的话，因为来这儿打球的人，多半是为了锻炼。

李阿姨好像天天都来，反正我来了，就能看见她。而且，李阿姨来的时间也很准时，她总是下午四点半左右来，骑一辆半新不旧的自行车。来了后她不是马上打球，而要在边上站一会儿。有时候我会喊她过来打，她摇摇头，说歇一会儿。我说歇什么，难道你住得很远吗？她又摇头，说不远。说着，仍站在边上，看我们打。到5点多了，天快黑的时候，她就走了，匆匆忙忙的样子。

有一两年了，李阿姨坚持得都很好，基本上天天来。我开始坚持得并不好，隔三岔五才来一次。但后来李阿姨带动了我，我也像她一样了，差不多天天来。

这后来的一天，我骑摩托车去郊外玩。在一个叫七里岗的小镇上，有一个人叫了我一声。我立即看见了叫我的人了，就是李阿姨。李阿姨坐在门口吃午饭，见了我，她站起来，问我到这儿做什么？我没回答她，只看着她问："你住在这儿？"

李阿姨点点头。

我说："你天天从这儿去我们抚州公园打球？"

李阿姨又点头。

我说："你这儿离公园最少有二十里呀？"

李阿姨说："你好像有些大惊小怪，不远嘛。"

过后，李阿姨还是天天来打球。知道她从那么远来，我心里充满了敬意。天快黑了，她才走。有时候她打得兴起，会晚一些走。这时候我便催她，我说你住那么远，快点回去。李阿姨笑笑，说不远。我后来觉得这句话意味深长。是啊，再远的路，只要自己觉得不远，那真的是不远了。

再来说说另一个人吧，这个人和李阿姨并不相干，但我愿意把她们写在一起。

有一天，我骑了摩托去外面玩。在一个叫七里岗农场的地方，我的摩托车漏气了。七里岗农场离我们抚州有20多里。很多年前，这儿是一个很繁华的地方。农场里有百十号农工，住在几幢平屋里。我小时候到这儿来玩过，还在一个熟人家里住过一夜。那时候农场很热闹，到处都是人，还有人吹拉弹唱。不仅如此，房子外面全是果树。记得那时候梨子熟了，我一伸手，就摘到了鲜美的梨子。但后来，情况就变了，农场不景气了，继而散了。住在几幢平屋里的人，先后离开这儿进城了。于是，农场冷落了。我前几天也经过这儿，房子没人住，便败落了，到处衰草离离倒篱烂壁。往昔一个繁华的地方，因为人去楼空，便变得荒凉冷漠了。

现在，我的摩托车便坏在这儿。我停好摩托，往农场那几排矮屋走去，如果还有人住在这儿，我就向他们借一下气筒。但没走多远，我忽然看见路边有人了。一个男人正在一片瓜地里忙活。我赶紧走过去，问着他说："请问，你是住在这农场里的人吗？"

男人笑笑的样子，回答说他住在这儿。

我说明了我的来意，我指了指停在路边的摩托，跟男人说："我的摩托漏气了，我想问你有没有气筒？"

男人点点头，说他有。

男人随后带我去他家里拿气筒，一路上，我问起男人来，我说："农场的人差不多走光了，你怎么还在这儿？"

男人说："我喜欢这儿，喜欢侍弄那些瓜果蔬菜。"

说着话时，我们走近了那几排矮屋。的确像我以前见过的那样，几乎所有的屋子都没住人，有些墙倒了，有些门烂了，一片荒凉。但到男人门前时，明显不一样了。男人门外打扫得很干净，门也漆过，很鲜艳。这还不算，当男人把房门打开，我的眼睛忽然亮起来。我看见男人屋里漆得雪白，地面铺了地毯，上面吊了顶，几盏造型别致的吊灯悬在顶上，非常好看。一句话，男人屋里装修得非常精美和雅致。不仅如此，里面的家具也应有尽有。

后来很久，我还记得那一片破败中的精美和雅致。

直到现在，我还会记起那个喜欢打球的李阿姨和那个借我气筒的男人。

他们并不认识,但我时常会把他们联系在一起。这是因为,他们是两个热爱生活的人。为此,我觉得我应该向他们学习。我还想跟很多人说,他们值得我们学习,不为别的,只为他们热爱生活。一个热爱生活的人,他的生活一定丰富多彩。

过年

到了农历腊月,年便掐指可盼了。

有人开始忙活起来,除尘扫地,洗门抹窗。也有人攥了钱上街去跟孩子买新衣裳。崭新的衣裳买来了,孩子见了,嘿嘿地乐着时,明白快过年了。于是伸一只小手出来,向大人讨钱。大人也就掏出几角钱来,孩子接着,颠颠地跑去买了一小盒爆竹来。

街上便有左一声右一声的爆竹响了。

爆竹声中,年的气息扑面而来。

孩子想早早地穿上新衣,于是不住地问大人什么时候过年。大人说快了快了,说着,有一天大人突然大鱼大肉地煮起来。孩子见了,问大人说过年了吗?大人说过小年。孩子说什么是小年?大人说小年是孩子的年。孩子听了,忙去衣橱里拿出新衣服来,要穿。大人见了,急忙阻止,跟孩子说:“过几天过大年再穿。”

孩子捧着衣裳有点依依不舍了。

小年一过，年的气氛便一天浓似一天了，不时地有人家放爆竹，噼噼啪啪地响。有孩子听了爆竹响，屁颠屁颠跑去，便有些没响的爆竹让孩子捡了。这些爆竹不时地让孩子点燃起来，但听啪的一声响一下，又啪的一声响一下，把一个年热热闹闹地热了起来。

年三十，各家各户过年了，一家一户都把春联贴了起来，大街小巷因为春联的点缀而面貌一新。爆竹始终是年的主角，从年三十中午开始，一直到初一上午，一直响个不停，这响声声声入耳此起彼伏延绵不绝。人们在爆竹声中欢欢喜喜合家团聚。年三十的街上人很少很少，做各种生意的，这一天都在家过年了，硬是把一条热闹得人挤人人碰人的大街小街冷清下来。街上三三两两还有一些人走动，那是些赶回家过年的人。也有一两个小贩，还在街边坐着卖东西，这时走近小贩的人，一个两个都面带笑容，还说："回家过年呀！"小贩说："就回去。"几声说过，也不好意思再坐了，匆匆忙忙收拾东西回家去。

到了晚上，街上又热闹起来，许多大人孩子，拿了礼花在门口放，各色各样的礼花燃放起来，但见天上飞着，地下旋着，五颜六色姹紫嫣红异彩纷呈，把一个年夜，热闹得五彩缤纷，年的气氛由此进入高潮了。这时候不管是大人还是孩子，所感受的，是年的欢欣和愉快。

守岁是传统的习俗，但内容已有了更新，八点一过，一家大小便在电视机前坐下，看中央台春节联欢晚会。只是孩子对电视不是很感兴趣，孩子的兴趣在压岁钱上。孩子坐那儿，把压岁钱拿出来，数一遍又数一遍，数好，用红纸包好，小心翼翼地放口袋里去。新衣服早被孩子拿了出来，夜晚了，不要去哪儿，孩子还是把新衣服穿在身上，然后在大人跟前走来走去，乐陶陶的样子。

初一早上，孩子早早地从床上爬起来，把一身新衣裳一穿，屁颠屁颠到处跑。见了熟人，大喊一声新年好！然后在大人"乖，大了一岁"的声音中又跑别处去了。

初一的街上最热闹，大街小巷都是人，人人满面笑容和颜悦色。上街的人，也不买什么，只走走，看看。见了熟人见了朋友，握一握手，一个说新年好，一个也说新年好。

拜年是亲朋好友联络感情的最好时机；给亲戚拜年，给朋友拜年，给同事拜年，很多天很多天都在亲戚朋友同事之间走动，亲朋好友在一起嗑瓜子剥花生，品茶喝酒，谈天说地，不亦乐乎。一天一天就这样快快乐乐过去了，直到有一天，爆竹又啪啪地响了起来，才发现元宵到了。

元宵一过，孩子又要背上书包上学了，大人把书包放在孩子背上，说一声“好好读书”，孩子点一点头，走了。

蹦蹦跳跳孩子走向学堂时，一个年便算彻底过了。

第四辑

白衣长裙

Bai Yi Chang Qun

感人的细节

一

许晴住在河边。

住在河边的人，几乎天天都会提着衣服去河边洗。一天许晴提着衣服来到河边时，看见几个孩子在河边捞螺蛳。有两个孩子，还脱光了下到河里玩水。天天都有孩子在河边玩，许晴没怎么留意他们。但不久，一个男人走了来。男人看见孩子在河边玩水，便说："小孩子莫在河边玩。"

孩子没听，仍玩着。

男人又说："听到吗，小孩子莫在河边玩水。"

几个孩子仍不听。

见几个孩子不走，男人便在那站下来，站了一会儿，还坐下来。

许晴就在边上洗衣服，她见年轻人坐了好一会儿，问着男人说："你好像在守着几个孩子？"

男人说："是。"

许晴又说："你认识他们？"

男人说："不认识。"

许晴再问："那你为什么看着他们？"

男人说："我不放心他们。"

许晴忽然就对男人产生了好感。

后来，许晴和男人好上了。

许晴其实是个挑剔的女孩，很多男人她都看不上。但她对这个坐在河边看护孩子的男人却一见钟情。许晴说："连不认识的人都那样关心，他肯定是个善良的人。"

二

何娟还没有男朋友。

一个男人，也没有女朋友。男人有车，总带何娟出去玩，男人很喜欢何娟，也多次表白过。但何娟还没在男人身上找到感觉，她只是男人的朋友，而不是恋人。

一天，男人又开车带何娟出来。

他们开车往乡下去，开了二三十里，他们看见一个老人在地里挖红薯。城里的人，对农村很多事都感兴趣。何娟便说我们去看老人挖薯吧。男人说我也有这个想法。说着，两人一起下了车。到老人地边，他们看见老人很老了，举锄头的手都有些抖。何娟见了，便问着老人说："大爷，你年纪这么大了，还在地里做呀？"

老人说："不做怎么办，小的都出去打工了。"

走的时候，男人买了三块钱薯。地里没秤，老人用一个袋子，装了一袋子给男人。

然后，男人开车往回走。

快到城里时，何娟看见路边有个集市，也有人卖薯。见有薯卖，何娟便探头问了一句："薯几多钱一斤呀？"

"一块。"人家回答她。

男人听了，吃了一惊，男人看了看老人给自己的薯，问着何娟说："这些薯恐怕不止三斤吧？”

何娟说：“下去称一称不就知道了。”

下去一称，那袋薯竟有八斤多。

男孩当即把车掉了头。

何娟见男人掉头往回走，就问：“你去哪里呀？”

男人说：“我去把钱补给老人。”

这天后，何娟忽然就对男人有感觉了。何娟说：“这件事看起来很小，但看得出男人做人的诚实。”

三

许晴和何娟一个是我的邻居，一个是我的朋友。以前，我总听她们抱怨，说这个世上没有好男人，但仅仅是一个细节，她们的看法改变了。

其实，这样的细节每时每刻都在发生，一不留心，便倏忽即过。留意了，会发现这些细节虽然微小，却很感人。或许，我们的一生，都会因为它而改变。

逝去的美好

几年前，我还骑一辆摩托。我喜欢到乡下去，喜欢乡间的自然风光。骑摩托很方便，远远近近都可以去，路好路坏也可以骑，而且用不着担惊受怕，比如我骑到了一座山下，我想爬山，把摩托扔在山下就可以，用不着担心别人偷了摩托或把摩托弄坏。又比如我来到一条河边，我想到河那边玩，我也可以把摩托丢在河这边。一次我真的要过河，河边有女人洗衣服，我放下摩托后跟他们说我去河对面玩，摩托放这里不要紧吧？洗衣服的女人说谁会要你的摩托。果然，我玩了大半天回来，河边已经没有人了，但我的摩托仍在那儿。有时候一些人还会搭我的摩托坐一程。一次我从老积去墩上，在一口大塘边，我停下摩托。这儿风光好，跟前是水，远一点有山，还有一些红男绿女在塘边洗衣服。我也走到水边，在水里洗了洗手。一个女孩，在我蹲下时走了来，女孩和我一样，也来洗手。女孩十七八岁的样子，很漂亮也很可爱的样子。女孩洗了手，起身了。我就在女孩身边，女孩看了看我，笑了一下，我也回了女孩一个笑。笑过，女孩问我说："你不是这儿的人吧？"

我说："我是抚州的。"

女孩噢了一声，又问："你这里有亲戚？"

我说："没有，来玩。"

女孩又笑了一下，往前走去。我也骑上摩托，往女孩同一个方向骑过去。在我摩托追过女孩后，女孩又大声喊了起来，女孩说："你去哪？"

"墩上。"我大声说。

"我也去墩上，可以带我去吗？"女孩大声说。

我急忙停了摩托。

很快，女孩坐在我后面了，女孩不停地说谢谢。我则跟女孩说应该我谢谢你。的确，我应该谢谢女孩。我和女孩不熟，女孩却敢坐上我的摩托，这充分说明女孩对我的信任。从这点说，我真的应该谢谢女孩。不仅如此，我在女孩坐在我摩托上时，心情也格外好，我甚至觉得那段路很美好。远山近水，绿叶红花，一切，我都觉得很美好。

我后来很喜欢到这条路上来，我甚至还碰到过女孩。女孩还认得我，见了我，总挥挥手。还喊："你又来玩呀？"我说："我喜欢在乡下玩。"有时候，女孩也会招招手，让我带她。不仅女孩让我带她，其他人，我也带过，有时候是一些老太婆，有时候是一些中年妇女。我在他们坐上我的摩托时总是很高兴，我常常说谢谢她们，说得她们笑容满面。

好几年过去了，我不再骑摩托而开小车了。我还喜欢去乡下玩，开车去。一天，我又看见那个女孩了。就在那口水塘边，我下车洗手。女孩就在这时走了来。这么多年过去，我相信她不再是女孩了，她肯定结婚生子了是女人了。女人仍认识我，她看看我，又看看我的车，跟我说："开汽车了呀？"

我说："开汽车了。"

女人又问："这是什么车呢？"

我说："宝马。"

女人很吃惊的样子，女人绕着车看了看，跟我说："这就是宝马呀？"

我说："这就是宝马。"

说了几句话，女人就往前走了，我开车追上女人，我说："你去墩上吧，我也去墩上，我带你一程吧？"

女人说："不要，我慢慢走。"

我在女人说不要时下了车，我跟女人说："上车吧，以前我骑摩托，你都会坐，现在可是宝马耶。"

女人说："不要，真的不要。"

女人说着，继续往前走去。

我不好再说什么了，开车走了，但心里，很失落。

我后来还见过女人，但我没再看到她跟我挥手，也没坐过我的车。有时候，我看见一些老太婆在路上走，我会停下车，我问她们要不要我搭她们一程，她们从来都摇头。有人会多说一两句话，一个人就说："你那么好的车，我们不敢坐。"另一个人则说："谁知道你什么人？"我无语，觉得说什么也多余。

不仅没人坐我的车，开车出去，有时候自己也担惊爱怕。一次想把车停在路边，下车后，忽然看到远处有几个人，而且觉得几个人有点鬼鬼祟祟。

我不敢大意，立马上车把车开走了。一次把车停在山下，想去爬山，才走不远，看见几个孩子围在汽车跟前，我怕他们把汽车划坏了，慌忙跑了回来。我不敢去爬山了，甚至都不敢离开汽车。我跟前停了好多摩托，摩托的主人都爬山去了。路上，还有很多摩托来来去去，后面，大都带着人。我曾经也是这样，骑着摩托到处去，但现在，这一切都变了。那些自由自在的美好日子，只在我的记忆里。

可是，再要我去骑摩托，我做得到吗？

快乐其实不需要施舍

我曾经在街上看见这样一对父女，那父亲拖着一辆旧板车，板车上放着纸壳、塑料和一些空瓶子。这板车比平常的板车要短一截，显然，这是他们自己改装的板车。那个女孩子，则在马路两边的垃圾桶里捡垃圾。在我们抚州街上，已经很少见得到捡垃圾的了。偶尔见到一两个，穿得又破又脏，这样捡垃圾的人，几乎被视为乞丐。但这个女孩不同，女孩有十二三岁的样子，甚至十四岁。女孩身上不可能穿得很好，但却干净整洁。单从女孩身上看，她根本不像个捡垃圾的人。而且，女孩很好看，很清纯的样子，白白净净。这样好看的女孩，越发不像个捡垃圾的人。但千真万确，她确实是个捡垃圾的。马路两边很多垃圾桶，每隔几十米，就有一个。我看见女孩跑近一个一个垃圾桶，垃圾桶里有东西的话，女孩就很高兴的样子，甚至是兴奋的样子，女孩会大声喊着说："爸爸，快过来，这里有两个矿泉水瓶子。"

女孩又喊："还有一只纸箱。"

街上很多人看着女孩，包括我。甚至，我看见一个开奥迪车的，也把车停下来，看着这对父女。女孩不在乎别人看她，这时她又跑近了一个垃圾桶。这回，女孩拿起了一个快餐盒，女孩打开后，看见里面有两个包子。女孩于是又喊道："爸爸，这里面有两个包子，能吃吗？"

一个看的人开口了，这人说："垃圾桶里的东西不能吃，脏。"

女孩说："没脏呀？"

另一个人接嘴："没脏也不能吃，哪个吃垃圾桶里的东西？"

女孩没听从，仍把包子递给父亲看。父亲看了看，就说："这不是好好的吗，怎么就扔了呢，真是浪费哩。"

父亲这样说，女孩就笑了笑，把快餐盒合上，放在他们的板车里。

显然，他们要带回去吃。

我相信，当时每一个看着他们的人都会觉得他们可怜。一个人，不是穷到很艰难的境地，是不会捡垃圾桶里的东西吃的。那个开奥迪车的，我相信他也是这么想的。我看见他看着那对父女摇了摇头。摇过头后，这个开奥迪车的拿出皮包，从里面抽出两张百元大钞递给女孩。但女孩却把手缩在背后，怯怯地看着那个开奥迪车的人。

开奥迪车的人说："拿住呀，给你的。"

但女孩却说："我不要，别人的东西，我不能拿。"

边上有人说："拿着呀，200 块钱，你要捡多久的破烂呀？"

女孩说："我不要，我爸爸说了，别人扔掉的东西可以捡，别人没扔的东西不能拿，是吧，爸爸？"

做父亲的点了点头。

点过头，那女孩就跑走了，跑到另一个垃圾桶边。立即，我听到女孩兴高采烈的声音："爸爸，这里有个易拉罐。"

我在女孩笑笑的声音里感动起来，这样一对捡垃圾的父女，在我们看来，应该是很穷很艰难的，他们或许没有多少快乐和开心。因此，我们有人乐意施舍，以为这样他们就会快乐。但我们明显在强加于人，对这对父女来说，他们的快乐简单得也许不能再简单了，我已经看见了，只是一个空瓶子，他们就开开心心了。

把后悔扔在一边

有一件事让我一直后悔。

那天一个女人被偷了，在女人大呼大叫声中，小偷往我身边跑了过来。我只要一伸手，就可以捉住小偷，事实上我也伸出了手。但小偷跑到我跟前时，我忽然觉得这个闲事不能管，这一犹豫，我没出手。

小偷从我身边跑走了。

随后知道女人被偷了三千块钱，这是女人的救命钱。女人很不幸，她和丈夫刚刚下岗，丈夫就得了重病，女人东挪西借了这三千块钱，却被偷了。女人经不起这个打击，在找不到小偷，无法把钱要回来后，女人失去了生活的勇气，跳了河。

女人跳河时我没在场，但我看见女人被人捞上来。女人永远起不来了，面对着女人，我惭愧得抬不起头，我觉得这女人是我害死的。

过错只在一念之间，后悔却很长久。在以后很长一段时间里，我心里都压着一块石头，我觉得自己的过错是不能饶恕的。为此，我每天都惭愧着，我很看不起自己。在那段时间里，我一次一次来到女人跳河的地方，这儿有一棵树，我总坐在树的阴影里，为自己的过错后悔着。

如果不是一个孩子，我会一直沉湎于自己的过错而不能自拔。

孩子那天在河边那条公路上捡着石头，一块一块地，孩子把路上的石头捡起来扔在路边。我后来走了过去，我问孩子捡那些石头做什么。孩子说把石头捡了，那些骑车的人就不会跌倒。我问孩子是谁让他这么做呢？孩子告诉我是他自己要这么做的。孩子说有一天他把石头往路上扔，结果一个骑自行车的阿姨被石头绊倒了，他知道自己错了，再不往马路上扔石头了，如果马路上有石头，他也会捡掉。孩子说他想用这种方式弥补他的过错。

孩子说着，又捡起一个石头扔在路边。

好像，我心里一个石头也被孩子扔了出去。

马路上没有石头了，孩子便屁颠屁颠地往河边跑去。在河边，孩子又捡起一块块石头，往水里打着漂漂。孩子把一块块石头扔出去，扔出了一脸的快乐。

我坐在树下看着孩子。

孩子毕竟还小，后来，当他看见水里漂来一个好看的瓶子时，竟挽起裤脚要下水去捞。

我在这时一伸手，把孩子拉住了。

我跟孩子说一个小孩子莫在河边玩，更不能到水里去，那太危险了。

牵着孩子从树的阴影里走出来时，我轻松了许多。

不要让自己一直后悔，

也不要在自己的过错里纠缠不清，知错就改，后悔就会被你扔在一边。

一个孩子给我的启迪。

白衣长裙

我们工厂隔壁是一家歌舞团,刚参加工作那年,一天我往歌舞团门口走过,听到优美的小提琴曲从里面袅袅飞出。我没有走,就在那儿听着,那音乐如泣如诉,深深地打动了我。"此曲只应天上有,人间能得几回闻。"在当时,我真的觉得那优美的旋律仿佛从天上飘来。也有人像我一样站在门口,还有走进去。我听了一会儿,也随了人走进去。立即,我被吸引了,我看见在小提琴优美的旋律里,一群天使般的女孩在翩翩起舞。那时候我刚参加工作,整天穿一身青咔叽工作服,我的同事们,也和我一样,我眼里看见的几乎是清一色的人。而这一群翩翩起舞的女孩,白衣长裙,仙女一般,我觉得我从来没有看过这么美好的女孩。那儿是两幢高楼之间,两边是树,一片绿荫。树下还栽着夹竹桃,美人蕉和木槿花。那是夏天,夹竹桃花也开了,一蓬蓬雪一样白,还有蝴蝶,在花丛里翩跹。我觉得我来到了一童话世界,是音乐把我引到这个童话世界,而那些翩翩起舞的少女,则是从童话世界走出的仙女。

过后这场面我还看过几次。我一听到音声,便走进去,那童话般的世界,又再现在我眼前。我通常坐我耳边,翩翩起舞的仙女就在我眼前。我这时候忘记了自己,我的思想变成了一只蝴蝶,在翩翩起舞的仙女身边翩跹。一次在上班,音乐又起,我想出去,厂门却关着。我在音乐的驱使下竟然翻上了两米高的围墙，我在围墙上就能看见她们，我没跳下去，就坐在围墙上面。没有指责我，倒是有人提醒我，跟我说："你当心点。"

遗憾的是那个夏天一过，我再没看见那些仙女了，那优美的旋律，也在我耳边消失。我每天都要往歌舞团过，我希望哪天那优美的旋律响起，但没有。我每天都在失望中从歌舞团门口走过。当然，我有时候也会走进去，我就坐在木槿树下，音乐不再有了，白衣长裙的仙女子再见不到了，但我们仍觉得那儿很美好。我有时候会闭着眼睛，我在极力倾听，倾听那美好的音乐。终于，我耳边仿佛有旋律袅袅飞出，我眼里也仿佛有一群仙女在翩翩起舞。那美好的一幕会在我心里再现。我经常在那儿坐着，就引起了人家的注意。一天，一个老人走近我。老人问你找谁？我说不找谁。老人说你在等人。我说不等人。老人问那你经常坐在这儿做什么？我说我觉得这儿很美，一切都那么美好，我喜欢在这里坐坐。老人没有怀疑我，老人宽容地笑笑，走开了。

我后来才知道那首打动我的音乐叫《梁祝》。那个夏天，歌舞团赶排这支舞蹈，由于天太热，她们从排练室出来，在室外绿荫下排练。其实她们只在室外排练过几次，然而，她们却把一种美丽永远镶嵌在我心里了。

很多年后我要找对象了，却总也找不到。不知为什么，我脑里只装着那天使般的女孩，我总觉得跟我见面的女孩不够漂亮。一天，当一个白衣长裙的女孩走近我时，我欣然接受了她。这个女孩是一家工厂的会计，但我却总是出现错觉，以为她在歌舞团工作。一天我居然开口问起她来，我说："你以前是不是在歌舞团待过？"

她回答："你怎么说我在歌舞团待过？"

我说："我也不知道，我总觉得你在那儿待过，是不是？"

她回答："我没在那儿待过，但很多年前的一个夏天，我进去看过她们排练，在优美的小提琴的旋律里，那些白衣长裙的女孩太美丽了，乃至今天，我也喜欢白衣长裙……"

美丽是一种声音。小提琴优美的旋律里，一群仙女，一群白衣长裙的美的精灵，已变成一种永远的声音贮存在我俩的心里。我明白我为什么会接纳她了，我们原来是知音。

日子一天一天过去，我不再年轻了，但那个夏天童话般的世界，却从来不曾在我心里消失。

放风筝

抚河边上有人放风筝。

早先，河边是看不见风筝的。抚州人不大喜欢风筝，也不会放，偶尔有个把孩子，拿纸糊成一个，却飞不起来。后来有人去了一趟山东潍坊，那是风筝之乡，大街小巷前庭后院风筝随处可见。那人受了感染，走进商店去，掏了钱出来，买风筝。

那风筝做成蝴蝶状，紫红色。在风中放起来，羽翅抖动，真蝴蝶一般栩栩如生。那天是在抚州大街上放，惹一街的人都来了兴致，驻足观望，且有滋有味。只是好景不长，抚州街窄，树也多，紫蝴蝶随了风去，越飞越远，最后被很高的树枝挂上了，于是所有人的兴致都被树枝扯得冷落下来。

便去费工夫弄风筝下来，弄了下来，也不敢再放了，只捧了风筝走开去，找开阔的场所。

后来就找到河边上。

河边真是个好地方，一条堤坝，很长很开阔。堤坝下是一条河坡，碧草如毡。和河坡相连的，是晶莹的一河碧水。秋天了，阳光灿烂，把晶晶莹莹的河水照得闪闪烁烁。

这里极好放风筝。

于是紫蝴蝶又飞了起来，扇动着翅膀在无阻无碍的旷野里自由自在地飞翔。行人的眼睛便被惹了去，许久不动。看得实在惬意，便从喉咙里滚出一个“好”来。

很多人便被风筝诱惑了。

于是是去找了红的黄的绿的各色纸来，削了竹片，也去糊风筝，糊好了，迫不及待地往河边上跑，然后迎了秋日和煦的微风把风筝放起来。有人居然放得很顺利，风筝飞了起来，飞得很高，悠悠远去。于是放风筝的人的一颗心也随了风筝飞上天去，自由自在好惬意。

慢慢地放风筝的人就越来越多了，有男人有女人，有年轻的后生，有上年纪的老人和满脸稚气的孩子。于是一条堤坝一条河堤和一条抚河乃至整个天空都弥漫着笑声。风筝的花样也多了，蝴蝶自不必说，有蜻蜓，有蜈蚣，有蝙蝠，有鸽有鹰；还有人别出心裁，居然把一个红五星也放上天去。

有了这么多风筝，河边上就蔚为奇观了，风筝在河的上空飘飞，河把风筝映在水里，于是一个风筝就幻化为两个风筝，一个在天上，一个在水里。

天上的风筝好漂亮。

水里的风筝好迷人。

忽然一天一只风筝真的跌进了水里。

那只风筝是个孩子放的，扯得线重，线就被扯断了。于是一个用丝绸做的风筝便飘飘落落跌进河里。孩子失了风筝，大哭。便有个放风筝的汉子走来，把手里的风筝线往孩子手里一塞，走进水里去捞。秋天，河水不是太多，但等把风筝捞起来，汉子还是弄得浑身透湿。

孩子便分外感动。

还有一天，一个孩子把风筝放得高兴，竟忘了看脚下的路，于是一脚踏空，跌进抚河。

这时刻风筝就失去了诱惑。

所有的人，顾不得收起风筝，都云救人。汉子们扑下河去，老人和女人，就在岸上使劲地呐喊助劲。

孩子于是救了起来，但那些在天上飘飞的风筝却因为没人把握，一只只跌进了河里。

风筝跌进了河里，随了河水漂去，漂到抚州的文昌桥下，桥上有人探了头看，见了许多风筝，就叹一声，说可惜。

放风筝的人却不觉得可惜。

那些人从水里爬起来，便往家里去，先换衣裳，换过了，再拿出各色纸来，糊风筝，糊好了，又兴冲冲走到河边来。

他们一个个把风筝放上天去。

是晴天，阳光灿烂，阳光照着风筝，风筝好诱人。

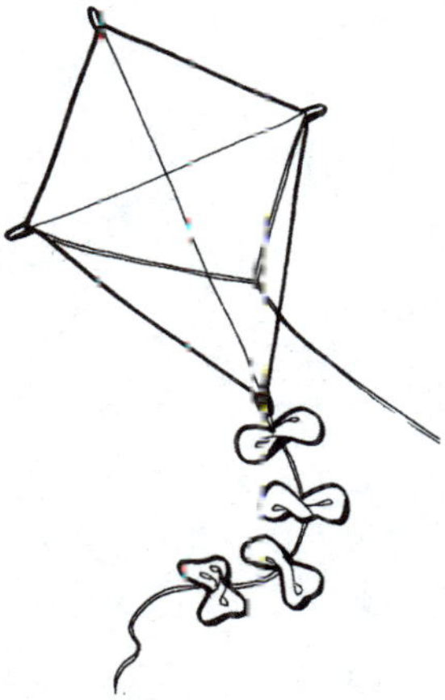

第五辑

短笛无声

Duan Di Wu Sheng

传说舒化

舒化，明嘉靖三十八年进士，官至二品刑部尚书。舒化故里在临川油顿舒家村，村后有山，谓后龙山。后龙山峰连坡拥，一片郁葱。风水先生说，舒家村前有朱雀，后有玄武，左有青龙，右有白虎，为风水宝地。当地老人说舒化为刑部尚书时，村有千烟。一块穷乡僻壤，竟有千户人家，三五千人口，当年鼎盛可想而知。遥想当年，后龙山下一定房屋栉比，炊烟袅袅。村前一定阡陌交错，人影憧憧，一派繁华景象。然而，当我们一行来到舒家村寻访时，但见后龙山下房舍稀落，屋旧墙破，当年千烟已无处寻，繁华早随烟去。

舒化故里原有舒化官第，官第三幢直进，飞檐翘角，气宇不凡。门口立石狮二尊，传说舒家石狮也能下田吃谷，可想舒家当年之荣华。官第门口还有水塘二口，弯月形，谓里外月塘。舒化当年回家省亲，里外月塘浪涌鱼跃，外月塘的鱼齐往里月塘跳。在舒家，不是鲤鱼跳龙门，而是鲤鱼跳月塘。现在官第不复存在了，石狮也不知去向。仅存一道门墙，门墙上书“尚书第”。门两边一副对联，云：“槛开半壁光照斗，峰拥连珠气作霖。”舒家当年的兴盛和威严，此中可见一斑了。

一位古稀老人，为我们指点舒化遗迹。作为舒家族人，面对舒家的衰败，老人感慨万千。老人说舒家衰败到今日，完全是当年舒化不谦虚之故。话出有因，随后，老人把一个传说向我们娓娓道来。老人说有一年舒化回乡省亲，地方下官前来请安，舒化竟让下人把他的官靴从狗洞里伸出，让下官朝拜。此举激怒了下官，当时一位懂风水的县令，便想主意搞垮舒化。县令认为舒家之所以发达，是因为舒家门楼接上了龙脉。何为龙脉，老人自有解释。老人说村中一条水渠自北而南，龙可溯水而上，舒家门楼便建在水渠旁边，龙可跳进门楼，使舒家繁盛。一日县令上府，说舒家门楼离村太远，关不住风水，想代代出能人，要把门楼移进二百步，升高二尺，这样舒家才会代代发达。舒化接受了县令的建议，改做门楼。这正中县令奸计，从此舒化门楼接不上龙脉，舒家为此代代衰败。

这只是一个传说，老人却深信不疑。老人说完，面色凝重，嘴里一阵嗟叹。老人希望舒家永远兴旺永远发达，现在衰败了，老人把一切过错归于舒化。这就错怪好人了，据史料载，舒化为官清正，多次为民请命，犯颜直谏，虽遭打击排挤，而不失其节。在官时颇有作为，为人称道。舒家的衰败，不是舒化的过错，是时间的魔力。时间会把一切变得面目全非，繁华的，会衰败；衰败的，又会繁荣。舒化官至刑部尚书，也只能自己荣华富贵，能延及一代两代，已是舒化家教有方。想一代一代代繁荣下去，是根本不可能的。这就是“月满则亏，水满则溢”的道理。盛筵必散，谁人扭得转呢。

当然，衰败也会转向发达，据说舒化的祖先原是一个放鸭人，到舒化的父亲便考中了举人，成了八品教谕，但还算不得大富大贵。是舒化进一步将舒家发扬光大。舒化的兴起，除得益于当时的学风昌盛以外，更得益于舒化本人的刻苦努力。由此，他才能一步一步官至刑部尚书。舒家村一块穷乡僻壤，也因为舒化的荣华而变成厚土沃田，变得村有千烟，人丁兴旺。据载，当时舒家周围三个小村落居然出了三个进士，乡贤甚多，足见当时学风之盛。倒是现在，舒家学风明显不如往日昌盛了。我们问及舒家村这些年考取多少大学生，回答说考取一个。问哪年考取的，竟回答不出。可见，这一个大学生也不是近一两年考取的。我们在寻访时，因钢笔漏水，在村里讨墨水，走了大半人家，也不得。由此，我们感叹起来，曾经有过繁荣的舒家后人，你们不能沉湎于往日的繁华呀。舒化是对是错，都成为历史。传说舒化，不能使你们兴起，而唯有读书，唯有刻苦，唯有努力，才能兴旺舒家。“书中自有车马簇”，舒家后人应该明白呀。

其实，临川之地人杰地灵，近年临川学风昌盛，才子遍地，为何独独冷清寂落了舒家呢，难道你们真的沉浸于往昔的繁荣而不能自拔吗？

浒湾

艾婆去浒（xǔ）湾卖柿子。

艾婆住在临川石街，石街在抚河边上，浒湾也在抚河边上。但浒湾在那边，石街在这边。艾婆去浒湾要走四五里路，到王家渡过渡。过了渡，就到抚河那边了。那边也还不是浒湾，要到浒湾，还要走十三四里路。这样算起来，从石街到浒湾，有十七八里路。

这个数倒转来，就是艾婆的年纪了。

艾婆是个七八十岁的老人。

这么大的年纪挑了柿子去浒湾卖，就很惹人注意了。一路上都有人认得艾婆，他们知道艾婆去哪里，但还是明知故问，都说：“艾婆你去哪里呀？”

“浒湾。”艾婆说。

打招呼的人就说：“艾婆你身体真好，七八十岁了，还能走这么远的路。”

“现在不行了，早几年，我还走到过抚州。”艾婆说。

“现在让你去抚州，你也走得到。”打招呼的人说。

“老了，走不到了。”艾婆说。

不是所有打招呼的人都这么说，也有人会跟艾婆说：“艾婆你也是，儿子在抚州当教授，赚几千块钱一月，你还去浒湾卖什么柿子。”

“我喜欢哩。”艾婆说。

艾婆确实喜欢，艾婆一年要去好多好多次浒湾，尤其是柿子熟了的时候，艾婆去得更勤了。艾婆挑着担子晃悠悠往浒湾去，那担子也不是什么真正的箩筐，它只是两只篮子，前面一只，后面一只，一只篮里放几十个柿子，最多十几斤。隔几天，又有柿子熟了，艾婆又放在篮子里，挑了去卖。没有柿子的时候，艾婆也会担些薯呀芋头什么的去浒湾。艾婆其实不是要去浒湾卖什么东西，她只是喜欢往浒湾去，在路上走走，在浒湾看看，艾婆觉得比坐在家里有意思。但那些薯烂便宜，芋头也便宜，艾婆又挑不了多少，有时候一天卖下来，刚好够来回过渡的钱。别人也是明白这些的，便有人说艾婆你何苦哩，在家歇着不好吗，又卖不到几个钱，还不够过渡哩。这样点明了，艾婆就不好意思了。再担着薯和芋头出来，艾婆就有些不自在了，那情形好像她肩上挑的东西是偷来的。卖柿子就不同了，熟透了的柿子不卖就会烂，而且柿子比较值钱。这样，艾婆去卖柿子时，就有点理直气壮了。

现在，艾婆就理直气壮地挑着柿子走在河堤上。

走了不久，一个扎两只辫子的十一二岁的小女孩追了上来。艾婆认得小女孩，一个村的，叫艾子。艾子也挑着两只篮子，里面放着柿子。明显，艾子也是去浒湾卖柿子。艾婆在她走到跟前时说艾子你不要去学堂呀。艾子说不要，今天星期天。艾子说着走到艾婆前头去了，还说艾婆快走呀。艾婆说我老了，哪走得你那样快。这里说艾子快，艾子就更快了，晃晃悠悠挑着柿子往前去了。那走，跟跑一样。

艾婆年轻时也是这个样子，艾婆现在在后面看着她，觉得那就是自己。

艾婆那时候也叫艾子，艾子贪玩，从石街出来，就是堤，那堤在秋天也是树木葱茏，而且花开遍地。艾子那样小，就晓得赏风景，艾子总是放下担子坐下来。一条河玉带一样飘向远方，到了远方，一条河就好像被烟雾笼罩着，迷迷蒙蒙。出太阳的时候，到处还弥漫着淡淡的雾，迷人得很。艾子后来读了两年书，先生跟艾子说过，古人曾用“千里风烟卷画开”来形容抚河。艾子想这千里风烟的景色，就是她见过的这种景致吧。由于贪玩，艾子总在路上耽搁了好多时间，为了赶时间，艾子有时候只好挑着柿子往浒湾跑，弄得两只篮子像秋千一样晃着。一担柿子晃到浒湾，总有好多烂了，少卖了好多钱。为此，艾子回家总是挨骂。一次，艾子跑急了，跌倒了，两只篮里的柿子差不多全烂了。艾子吓坏了，不敢回家，坐在堤上发一会儿呆又哭一会儿。天快黑了，一个老太婆走近艾子，问她说天晚了，小女崽你回家呀。艾子说我的柿子全跌烂了，我不敢回家。老太婆心好，给了艾子一块钱。艾子抹了一下眼泪，就笑了，然后往家里跑。过了渡，艾子就看见来接她回家的大人，艾子把钱递给大人，跟他们说我今天卖到一块钱。大人接过钱，问艾子说你篮子哩。艾子便想起忘了拿篮子回来了，吓得她赶紧往回跑。

这事艾婆一直没忘掉，走在堤上，艾婆经常会想起这事，艾婆想这事想了总有几百回了吧。

想着走着，艾婆就到王家渡了。

过渡的船还在岸边拢着，艾子坐在船上，见艾婆来了，艾子说艾婆我们等你过渡哩。撑船的是个后生，见艾婆来了，赶紧过来牵着艾婆，还说艾婆你又去浒湾呀。艾婆说去卖柿子。说着，就到船上了。后生要开船了，跟大家说老人和孩子坐好，开船了。艾婆说坐好了。又说小王你跟你爷爷的爷爷一个样，我从你爷爷的爷爷开始就在这儿过渡，那时候我还小，只有艾子这么大，你爷爷的爷爷那时候也有我这么老了，但还能撑船，我来过渡，他总是牵着我上船。开船时也总要交代老人和孩子坐好，有时候我们身上忘了放钱，他也让我们过渡。一转眼，我就老了，像当年你爷爷的爷爷一样老了，日子快呀。艾婆又说先前是你爷爷的爷爷在这里撑船，接着是你爷爷的父亲撑船，再是你爷爷和你父亲撑船，现在又是你撑船。想起来，就是昨天一样。艾子坐在艾婆边上，艾子说艾婆，以后呢，谁撑船？艾婆说以后小王的儿子撑船。说着话船就拢岸了，撑船的小王牵了艾婆上岸，然后又要牵艾子，但艾子不要牵，小王才牵着艾婆上岸，艾子就跟在后面了。

两个人上了岸，一起往堤上走，上了堤，艾子跟艾婆说我先走了。说着，走快了，走到艾婆前面去了。

艾婆跟在后面，看着前面的艾子，艾婆仍觉得那就是自己。

过了渡到浒湾还有十三四里，仍沿着堤走。十三四里说远也不远，走走看看，就近了。离浒湾一近，艾子就看见浒湾的好几个码头。那时候公路不发达，从抚州到浒湾，多半坐船走水路。同样，从浒湾去南城南丰，也得坐船。有船就有停船的码头，浒湾的码头有好几个，其中最大的码头边有一幢大屋，那屋向河，屋上有两个字。艾子不认得字，但艾子知道那是“浒湾”两个字。一天艾子走在堤上，一个人问艾子问说浒（hǔ）湾还有多远。艾子没听说过浒（hǔ）湾这个地方，艾子摇头。但后来，艾子明白浒（hǔ）湾就是浒湾。浒湾有很多小学，艾子十一二岁了，还没读书。她到浒湾来卖柿子，总会到那些小学去，听学生们琅琅的读书声。其中前书铺街有一所小学，艾子去得最多。一天艾子走近学校，听到学生们拖长声音读道：“百亩中庭半是苔，门前白道水萦回。爱闲能有几人来。小院回廊春寂寂，山桃溪杏两三栽。为谁零落为谁开？”一个先生，在学生们念完了后说，这首词是王安石作的，王安石是临川人，但他的老师杜子野是我们浒湾人。杜子野是位饱学先生，在我们浒湾和临川交界的蛤蟆山建龙甲科书院，专心读书。他教了很多学生，王安石就是他的一个学生。王安石这首词，写的就是当时的浒湾。王安石后来做了宋朝的宰相，他为了感谢他的老师，把蛤蟆山改为下马山。他每次走到下马山下，都要牵马步行。艾子完全被吸引了，艾子也想读书，想知道这些。艾子回家后就跟大人说她要读书。艾子的大人没有答应。大人跟艾子说女孩子不要读书。艾子告诉大人，说浒湾的学堂里有好多读书的女孩子。大人还是没让艾子读。艾子读不到书，就天天去浒湾。没有柿子卖，也去。去了，就站在教室门口，看那些孩子读书。多去了几次，艾子就让一个先生注意上了，先生问艾子说你总是站在这里，你是不是想读书呀。艾子点头。先生说你让你大人带你来读呀。子艾说我大人不让我读。

先生说你住哪里呀。艾子说我住在石街。先生说那么远呀。艾子说不远。过了渡就到了。先生说哪天我去跟你大人说一次，让他们给你读书。一天先生真去了艾子家，先生很会说话，艾子的大人居然被先生说通了。后来，艾子就天天去浒湾上学，早上出去，晚上归来。艾子就是在读了书后知道浒（hǔ）湾就是浒（xǔ）湾的。一天一个学生问先生，说为什么总有人把我们浒（xǔ）湾叫成浒（hǔ）湾呀？先生说浒（xǔ）湾原本是叫浒（hǔ）湾的，这个浒（hǔ）字是水浒（hǔ）的浒（hǔ），水边的意思，我们浒（xǔ）湾就在河边上。但有一次乾隆皇帝下江南到了我们浒湾。乾隆皇帝当时是坐船来的，码头上有浒（hǔ）湾两个字。乾隆皇帝脱口而出把浒（hǔ）湾念成了浒（xǔ）湾。皇帝是金口玉牙，他说出口的字别人不能更改，这样，别人也只有这样念了。艾子听了，明白了。艾子说这样呀，难怪有一天一个人问我浒（hǔ）湾有多远，我都不知道浒（hǔ）是哪里，你说我傻不傻。

艾子在浒湾小学只读了两年就没读了，这年日本兵攻占了金溪。日本兵往浒湾方向进发时，被浒湾民团拦住了，两军在黄石岭打了一仗。黄石岭在浒湾去金溪的路上，也就是石街对面不远的地方。艾子在晚上听到噼噼啪啪的枪声。艾子和大人，都躲在屋里墙脚下。到天亮时，有人告诉艾子，日本兵把浒湾民团打败了，浒湾城里都是日本兵。艾子就不能再上学了。到半年后艾子再去学校时，看见她读书的那所学校被烧了。

艾婆每次去浒湾，都会想起这些。好多回，艾婆觉得这些事发生在昨天一样。一天走着，一个人问艾婆，那个人说浒（hǔ）湾还有多远呀？艾婆听了，觉得自己回到了十一二岁了。艾婆摇摇头，跟那个说我没听过浒（hǔ）湾这个地方。但说过后艾婆觉得不对劲了，听过嘛。很小就听过，艾婆于是改了口，跟那人说："叫浒湾，不叫浒（hǔ）湾。那人说这字明明念浒（hǔ）嘛，水浒的浒。艾婆说这字原本念浒（hǔ），但以前乾隆皇帝下江南，把这个浒（hǔ）字念成浒了，皇帝金口玉牙，不能改的，我们这儿就叫浒湾了。

艾婆这样走着想着，十三四里路不是太远，晃晃悠悠就到了。

走在浒湾街上，艾婆的感觉总是很好。她不时地叫一声卖柿子。浒湾街上有人认得艾婆，跟她说又来卖王冻冻呀。王冻冻就是柿子，这是浒湾的土话。读书人，不这么叫，叫柿子。艾婆不知为什么，也喜欢学读书人的叫法，把王冻冻叫柿子。不时地有人来买柿子，问艾婆几多钱一个。艾婆说一块钱五个。问的人说一块钱六个卖不卖？艾婆不是斤斤计较的人，是老人来买的话，艾婆就卖。在浒湾，很多人都知道艾婆好说话。一些老人来卖柿子，也不问价，只拿一块钱给艾婆。艾婆晓得是熟客，拿六个柿子给人家。

现在，艾婆走到前书铺街了。一个老人，递一块钱给艾婆。艾婆想也没想，给了老人六个柿子。接着一个年轻人来了，艾婆也给了他六个柿子。年轻人骑着摩托来，衣服穿得很整齐。艾婆喜欢说话，问年轻人说你不是浒湾人吧。年轻人说不是，我是抚州来的。艾婆说到浒湾来做什么呢，走亲戚吗？年轻人说不是，我来看浒湾的书铺街，古时候浒湾的印刷业很发达，明末清初的时候最鼎盛，那时候浒湾印的书远销江南各省，最远的，销到朝鲜越南。艾婆说你是个读书人吧，你说得不错，以前我们浒湾前书铺街后书铺街还有李家巷都是书铺，这些书铺前面卖书，后面是印书的作坊。我那时候在前书铺街口的小学读书，下了课，我总往书铺街跑。在那些书铺里一本一本翻着书看，有时候也跑到后面去看他们印书。艾婆说着，又让自己变成艾子了。艾子记得，以前她往书铺街跑，先生从不责骂，若往河边跑，先生就会打板子了。先生有时候也会带艾子他们到书铺街玩。先生总跟艾子说“临川才子金溪书”这句话。先生说临川和浒湾交界，那儿出了很多才子，王安石汤显祖晏殊晏几道等多得很。但先生又告诉艾子，这些临川才子最喜欢到浒湾来买书，王安石汤显祖晏殊晏几道都到过浒湾，他们是读了浒湾的书才变成才子的。他们写了书，也拿到浒湾来刊印。王安石的《临川集》就在浒湾刊印过。先生说着，随手从书铺上拿起一本《临川集》，并翻到一篇《伤仲永》的文章，跟艾子说金溪以前有个方仲永，从小就有诗名，五岁时写过“大海四四方，乌龙盘中央，若遇天才手，飞出好文章”这样的好诗。王安石回乡省亲闻说此事后很高兴，特意到金溪看望他，鼓励他好好学习。但方仲永后来不求上进，也不读书，变成了一个平常的人。王安石听说，非常难过，写了这篇《伤仲永》。艾子那时候还看不懂先生手里的文章，但这个故事她记住了。艾子那时候每天都往书铺街跑，前书铺街，后书铺街，还有李家巷，都会去。再远一些，艾子会到宋家园去，那儿有一个戏楼。一天戏楼里演汤显祖的《牡丹亭》，有几句唱词，艾子一直记得：原来姹紫嫣红开遍，似这般都付与断井颓垣，良美景奈何天，赏心乐事谁家院……艾子后来还在前书铺街的书铺里看见《牡丹亭》这本书，尽管看得半懂不懂，艾子还是买了下来。

不知为什么，艾婆只要一走到书铺街，就会看到自己年轻时的影子。这也是艾婆为什么老喜欢到浒湾来，到了浒湾又喜欢来书铺街的原因。现在，艾婆就回到了从前，她眼里，只有自己的影子，而忘了那个跟他说话的年轻人。那年轻人，开始还听艾婆说得好好的，但突然间艾婆不说了，眼里一片迷蒙。年轻人便迷惑地看看艾婆，起身往书铺街去，去钻书铺街那些大大小小的巷子了。

过了一会儿，艾婆也走在那些巷子里，在巷子里卖柿子。

那个艾子，也在巷子里卖柿子。艾子后来看见艾婆了。艾子说艾婆你也在巷子里卖柿子呀。艾子说浒湾的巷子真多呀。艾子说我都要在巷子里迷路了。艾婆笑笑，艾婆说浒湾的巷子有前书铺街后书铺街李家巷占家塘仁里街共九条大巷子，每条大巷子又有横横直直的九条小巷子，一共有九九八十一条巷子。艾子说这么多呀，难怪我都串不来了。艾子说串不来，但还是串走了，顷刻间转过一个巷子不见人影了。

艾婆便一个人走在巷子里，还喊："卖柿子。"

一个女孩，从巷子里出来了。艾婆以为是艾子，便喊艾子，说你这鬼丫头怎么又串出来了。但喊过，艾婆发现那不是艾子。艾子挑着两只篮子，这女孩没挑篮子，只打一把花伞。但这女孩确实像艾子，如果把这女孩的伞拿走，在她肩上放两只篮子，那这女孩活脱脱就是艾子了。

那个到浒湾来玩的年轻人，这时候站在女孩的前面，艾婆往年轻人跟前走过时，听到年轻人念道：

撑着油纸伞，独自
彷徨的悠长，悠长
又寂寥的雨巷，
我希望逢着
一个丁香一样地
结着愁怨的姑娘

艾婆听过这首诗，艾婆还是艾子时，也打着伞在巷子里走过。艾子打的伞是浒湾冯大生油纸伞，浒湾除了书出名，还有冯大生的油纸伞出名，苏州杭州都有人到浒湾来买伞。这伞淡淡的红浅浅的绿，十分好看。不管是晴天雨天，浒湾大大小小的巷子里，来来去去总飘着许多红的蓝的绿的伞。艾子看着那些伞就喜欢，后来也赖大人买了一把。一天打着伞在巷子里走着，看到一个读书模样的年轻人也念着丁香什么的。艾子当时要赶去上学，打着伞走了。但丁香什么的几句，艾子一直记着。艾婆没想到过去了好几十年，这个年轻人又念着这样的诗。艾婆有些好奇了，跟年轻人说："你在念诗吧？这诗我听过。"

年轻人说："这是戴舒望的诗，你真的听过吗？"

艾婆说："我年轻的时候打着伞在巷子里走，一个先生在我后面念这首诗，我一直记着。"

年轻人说："你以前一定是一个丁香一样的姑娘。"

艾婆还是不懂。

说着话时，那打伞的女孩走近了，艾婆问着她说："你打的是浒湾冯大生的油纸伞吧？"

女孩说："冯大生油纸伞，冯大生油纸伞是什么伞？"

艾婆说："以前我们浒湾最出名的伞。"

女孩说："我们浒湾不是书出名吗，油面也出名，还有伞出名吗？"

艾婆说："有，早先冯大生的伞卖到苏州杭州，到处都有人打我们浒湾的伞。”

女孩一脸的惊奇。

下午三四点钟，艾婆才卖完柿子。走出小巷，艾婆又走上了河堤。

艾婆要回家了。

下午起了些风，吹得堤上的芦苇在艾婆跟前欢快地跳舞。抚河里吹起了白白的浪，哗哗作响。河的尽头看不分明了，一片烟波。这景致让艾婆想起了“烟波古浒湾，诗书满人家”这句话。这话也是先生说给艾婆听的。艾婆只读了两年书，艾婆觉得这两年书读得太有味了，像吃到甜甜的柿子，甜到了心里。

走了大约半个小时，艾婆看见一个女孩坐在堤上哭。女孩也是十一二岁的样子，哭得满面泪水。艾婆走过去问女孩哭做什么。女孩哭着说大人给我打油的十块钱掉了。艾婆说找呀。女孩说找了。艾婆说再找。女孩说找不到了，这么大的风，钱不知吹到哪里去了。艾婆说这怎么办呢。艾婆说着时，从身上拿了十块钱来，艾婆说我给你十块钱吧，你去打油，然后回家。女孩就不哭了，抹一抹眼泪，女孩脸上有了笑意。

艾婆也笑，挑着空篮子走了。

过了王家渡，就到傍晚了。秋天，白天短，迷迷蒙蒙天就快要黑了。有两个人，从前面走了来。艾婆见了，问一声：“你们做什么去？”

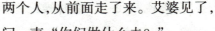

两个人说：“去找艾子。”

艾婆说：“找我呀？”

两个人说：“找艾子。”

艾婆说：“我是艾子呀。”

两个人就笑，跟艾婆说：“艾婆，你老糊涂了呀？”

下马

蛤蟆山在抚河边上，上去10里是金溪浒湾，下行30里便是抚州了。抚河在崇山峻岭中穿行，到蛤蟆山，便一马平川，豁然开朗了。一个叫杜子野的人，常常站在蛤蟆山上对着抚河咏哦道："远色入江湖，风烟卷画开。"

杜子野在蛤蟆山结庐而居。

杜子野，祖籍宜黄，三岁随父迁居金溪浒（hǔ）湾。子野少有才名，8岁时即会吟诗答对，"潮落抚河夜江里，两三星火是浒湾。"便是他8岁时的诗作。此诗与唐人张祜的"潮落夜江斜月里，两三星火是瓜州"相近。唐人张祜在先，杜子野在后，毫无疑问，杜子野诗出张祜。但没人计较一个8岁的孩子。杜子野后来还写了很多好诗，其中最出名的是《泊浒湾》，诗曰：

移舟泊浒湾
寻路问秀才
书铺街深处
朗朗有书声

这首诗对浒湾做了最经典的描绘。早在唐代，抚州就有"临川才子金溪书"一说。这里的"金溪书"，指的就是浒湾书。浒湾有上下书铺街，两边全是刻版印书的作坊。在浒湾，满地是秀才，到处有书声。

因为这首诗，杜子野在浒湾差不多家喻户晓了。

子野出身寒门，但在很长一段时间里，浒湾人都觉得杜子野会出人头地。浒湾富户张清汀，在杜子野 14 岁时便上门提亲。其时，张清汀的女儿张前只有 11 岁。张清汀仰慕杜子野才气，觉得他日后一定会考取进士，进而封官进爵。为此，急急忙忙上门提亲。张清汀眼光倒没错，杜子野 16 岁时在抚州郡参加童子试，便考上了秀才。在当时浒湾，杜子野是最小的秀才，让人惊讶。

但谁也没想到，杜子野会当一辈子秀才。

天禧二年，杜子野到南昌参加乡试。与杜子野同行的，还有吴为进。吴为进是张清汀的外甥，与张前是表兄妹。吴为进比杜子野大 2 岁，但杜子野却名闻浒湾，而他吴为进却默默无闻。为此，吴为进十分妒忌杜子野。尤其是在听说舅舅要把女儿张前许配给杜子野后，吴为进更是气愤。一直以来，吴为进都觉得他和表妹青梅竹马。他不能让表妹嫁给杜子野。

要阻止表妹嫁给杜子野，他吴为进就必须高中举人。

吴为进是做好准备的，同是上省赴考，杜子野只担着一担行李，里面放几本书和衣服。而吴为进却带着三个书童，挑着三担行李。杜子野问吴为进都带了什么东西，要三个书童挑着。吴为进回答说书呀。杜子野便说你把家里的书都挑出来了吧。这一句，问得吴为进脸红耳赤。为什么？因为平时吴为进不看书。吴为进家底殷实，家里有的是金银财宝，就是没有书。因为不看书，吴为进常常在外面闹笑话，一次杜子野和吴为进等人在抚河边上诗兴大发，杜子野咏出了“千里风烟卷画开”的诗句。而吴为进却说出一句“抚河是个大舌头”。此话一出，众人都笑着跟吴为进说：“你的舌头真大呀。”

会考前，杜子野天天看书，但带了三担书的吴为进却从来不看书，只在外面四处活动，打点关系。他挑的担子里，没有几本书，都是金银财宝。有人把消息告诉杜子野，让他也花钱去打点，杜子野品行端正，不攀权贵。听了，淡淡一笑，置之不理。

结果出乎杜子野意外，不学无术的吴为进高中举人，而杜子野却名落孙山。

杜子野虽觉意外，但他也只淡淡一笑，杜子野把名气看得很淡。“世风不正，不考也罢。”杜子野说，过后再没有去省城参加过乡试。

为此，杜子野一直是个秀才。

杜子野也由此落魄了，浒湾富人张清汀没有把女儿张前嫁给杜子野，而是嫁给表亲吴为进。杜子野家境本就贫寒，空有一身学问，却不能养家糊口。开始，还有人请杜子野这个秀才做老师。但吴为进得势不饶人，有谁请杜子野，他必定上门捣乱。吴为进常说的一句话就是：“杜子野连举人都考不上，你把孩子放在他身边，不是误了孩子吗？”这话一出，谁还敢把孩子放在杜子野身边。

杜子野一直都穷困潦倒，仅举下面两例，便可见一斑。一次杜子野去走亲戚，亲戚给了杜子野两斤米团。杜子野当时穿的是长衣马褂，他掀起下摆，托着两斤米团往家里走。但杜子野的衣服太烂，半路上，杜子野的衣服竟不能承受米团之重，衣服开裂，米团掉在地上，沾满灰尘，不能吃了。杜子野有一只水桶，隙牙露缝。每次去井里打水，才提到井上，水便漏了一半，等提到家里，水漏得见了底。一个这样穷困潦倒的人，没人再敬重他了。尽管还有人咏哦“书铺街深处，朗朗有书声”。但这时几乎没多少人知道这是杜子野的诗句了。在很多人眼里，杜子野只是个穷秀才，穷得一文不名。

一个早晨，书铺街一个女人把门打开。一个乞丐，在女人开门后把碗伸过来，还说：“行行好吧。”

女人叱曰：“晦气！滚开——”

女人隔壁，住着举人老爷吴为进，在女人呵斥乞丐时，吴举人开门了，吴举人说：“金花无礼，这可是杜子野秀才。”

女人说：“不是。”

吴为进说：“我看也差不多。”

杜子野在他们说着时走来了，吴举人见了，指着乞丐和杜子野对女人说：“你看他们不是差不多吗？”

吴举人的妻子，也就是浒湾富人张清汀的女儿张前这时也来到门口，吴举人又指了杜子野跟张前说：“你父亲曾经要把你嫁给这个人。”

女人说：“胡说。”

女人说着时，砰的一声把门关了。

这后来，浒湾没人见到过杜子野。

杜子野去了蛤蟆山，这里离浒湾十里，两山排闼，杜子野在这里结庐而居，过起了“采菊东篱下，悠然见南山”的隐居生活。

也就在这年，王安石祖父王用之过世，父亲王益回临川守孝。13岁的王安石随父亲第一次回临川。王安石祖父葬于灵谷峰，他父亲王益在此守孝，王安石在此陪伴。

灵谷峰与蛤蟆山遥遥相望，这样，王安石和杜子野相见便是必然的了。

这一天王安石来到了蛤蟆山，其时杜子野正在茅屋里读书，并不知道王安石来了。王安石也没有惊动杜子野，只山上山下四处游玩。暮色渐浓，天慢慢暗了，杜子野却浑然不觉，仍捧着书读。后来，杜子野饿了，放了书，急急忙忙出去找火种，要生火煮饭吃。王安石这时出现在杜子野跟前，问他这么晚了还出去做什么？杜子野说肚子饿了，出去找火种生火，煮饭吃。王安石说你不是一直点着蜡烛在看书吗。说完，王安石笑了。因为王安石也有过这样的经历，点着蜡烛看书，饿了肚子，却跑到外面去找火种。因为有相同的经历，王安石对杜子野一下子有了好感。当即，他就决定拜这个杜子野为师。

后王安石经父亲同意，真拜了杜子野为老师。此后，王安石在蛤蟆山住了三年。期间，王安石去过金溪舅家，在这里，王安石见到了神童方仲永。令作诗，方仲永随口便答：“潮平抚河阔，风香藕花开。”

王安石听罢，赞叹不已。

王安石随后把金溪遇方仲永一事告诉老师杜子野。杜子野惜才，也到金溪找方仲永,见面后令作诗。方仲永也是随口而出:“一溪裙带出江湖,两山排闼纳春秋。”

杜子野听后十分惊奇,心想小小年纪,就有如此气度,真是神童。但转而一想,或许他从哪里听得这两句诗,再念出来也有可能。为了验证,杜子野随口念道:“叶落飘秋意。”

方仲永答:“花开贮春景。”

杜子野十分惊讶,跟方仲永父母说:“可否让仲永跟我到到蛤蟆山读书?”

方父说:“你是?”

杜子野说:“浒湾杜子野。”

方父听了,变了脸说:“你就是吴举人说的那个连举人都考不上的穷秀才。”

杜子野说:“我一定把仲永栽培成才。”

方父说:“你一个穷秀才,连个举人都考不上,我为什么要让仲永拜你做老师,要拜老师,我们会拜吴举人。”

杜子野长叹一声,走了。

王安石父亲在临川守孝三年,王安石也陪了三年。这三年,王安石基本上都在杜子野跟前读书。王安石很怀念这段生活,他晚年罢相隐居后,还时常回忆起这段生活,他在《书湖阴先生壁》写道:“茅檐常扫净无苔,花木成畦手自栽,一水护田将绿绕,两山排闼送青来。”在蛤蟆山的几年里,王安石确实是茅屋常扫,花木自栽。最确切的是后面两句,蛤蟆山两峰并峙,青翠在山间涌动,真正是两山排闼送青来的好景致。他在另一首诗中写道:“青山缭绕疑无路,忽见千帆隐映来。”这也是蛤蟆山的写照。伫立于蛤蟆山上,看抚河里白帆点点,这景致一直嵌在王安石心里。当然,嵌得最深的,是杜子野不趋炎附势的刚正品格。王安石为官清廉,淡名泊利,与老师杜子野本身的品行是分不开的。

王安石在庆历三年中进士后,一直在外为官。虽然官至宰相,但也没忘了杜子野老师。他先后三次回乡探亲,最早一次是他高中进士的第二年,王安石回临川看望祖母。这次回来,王安石当然到蛤蟆山看望杜子野老师。蛤蟆山下有官道,王安石是骑马来的,但离山半里多,王安石便下了马,牵马步行。这一次王安石也去了金溪舅家,并询问了方仲永的情况。后王安石在《伤仲永》里写道:金溪民方仲永,予闻之也久。明道中,从先人还家,于舅家见之,十二三矣。令作诗,不能称前时之闻。又七年,还自扬州,复到舅家问焉。曰:"泯然众人也。"文中"又七年,复到舅家",就是指这次回到金溪舅家。

王安石再回临川,依然会到蛤蟆山看望老师。也是离山半里多就下了马,然后牵马而行。此后,王安石还回过两次临川。一次是熙宁五年,王安石任同中书门下平章事也就是宰相期间,此时,王安石虽贵为宰相,但去蛤蟆山时,依然下马,然后牵马而行。这次过后,抚州郡在离蛤蟆山半里远的地方立了一碑,上书"文武百官在此下马"。此碑一立,后来历朝历代文武百官经过此地,都会自动下马步行而过。

浒湾举人吴为进也经常由浒湾去抚州,蛤蟆山下的官道是必经之地。但他往蛤蟆山经过时,从不下马。一次吴举人和孙子一起往蛤蟆山下经过,孙子下了马。吴为进见了,十分生气,叱之曰:"谁叫你下马。"

孙子曰:"这里住着王安石的老师。"

吴为进说:"一个穷秀才,也值得我们为他下马吗?"

后来,蛤蟆山立下"文武百官在此下马"的石碑。浒湾举人吴为进再往这儿经过,会从马上下来,然后牵马而行。一次孙子也在跟前,孙子说:"你现在为何下马?"

吴为进说:"此杜子野非彼杜子野也。"

乾隆二十三年,乾隆皇帝下江南,也曾到过抚州。在这里,乾隆皇帝留下两段佳话。

皇帝从抚州去浒湾,蛤蟆山是必经之地。离蛤蟆山半里,乾隆皇帝也看见了那块"文武百官在此下马"的石碑,乾隆皇帝素来敬仰王安石的品行和才华。乾隆皇帝也从马上下来，牵马而行。行至浒湾，乾隆皇帝远远看见“浒湾”二字，乾隆皇帝脱口而出“浒（xǔ）湾”。其实，当地人一直把这两个字读作浒（hǔ）湾，浒念作水浒的浒。乾隆皇帝是金口玉牙，他信口念成浒（xǔ）湾，谁还敢叫浒（hǔ）湾。浒（xǔ）湾由此叫到今天。

因为皇帝都在蛤蟆山下了马，后来，抚州人便把蛤蟆山叫作下马山。

2001年，王安石诞辰980周年，抚州召开了一次规模很大的王安石学术研讨会，国内外名流云集抚州。会议第三天，所有学者前往下马山，寻访故人遗迹。当车行至下马山半里远时，一位学者跟司机说：“停车吧。”

众人看着这位学者。

学者说：“当年王荆公每行至此处，必下马步行，我们也下车吧。”

于是一伙人下车，往下马山步行而去。

杜子野，永远伫立在下马山上。

而吴为进，一个时时刻刻与杜子野为敌的人，却再没人知道了。

青泥

我对青泥的印象，实际上就是我对青的印象。

青是我的舅母，但有好多年，我不知道我有这个舅母，也没见过她。有一天，大概是我读三年级那年，我放学回家时，看见屋里坐着一个女人，一个十分好看的女人。我不知道她是谁，那时候我外婆还在世，我在厨房里问着外婆说："那女的是谁呀？"

外婆说："你青舅母。"

我说："我怎么没见过这个青舅母？"

我说着时，青走进了厨房，她跟我说："我住在青泥，你怎么见得到我。"

青这次在我们抚州住了好几天，但青在家待不住，她喜欢上街。那时候我们住在抚州城外，在文昌桥东，而抚州真正的街在城里。青总打一把小花伞，过文昌桥去城里。有时候，青也会拉我过桥去城里。在桥上，我看见很多人都喜欢看青。有人走过了，还回头看她。我那时候也有十一二岁了，我当然知道是因为青好看，用大人的话说，青很漂亮，外面的人才喜欢看她。青也确实漂亮，但那时候我不知道怎样形容她。如果是现在，我会说她清纯秀气或者眉清目秀甚至婀娜多姿楚楚动人。当然，青也有不足的地方，那就是脸上长了一些雀斑。一回看见别人左一眼右一眼地看她，我便想她们是不是在看青脸上的雀斑。多跟青上了几次街，我就发现青的好。一次走在桥上，那是大热天，一个打赤脚的孩子两只脚被滚烫的桥面烫得哭了起来。青见了，便背起孩子，一直把孩子背过桥。这样的经历我也有过，我七八岁的时候，一次打赤脚过桥，桥面上的水泥被太阳晒得冒烟，我在桥上只走了一半路，便烫嗷嗷直哭。一个大人见了，便背着我过了桥。也就是这次，我认为会背人过桥的人，就是好人。青也把孩子背了过桥，显然，青是个好人。还有一次我和青蹲在街边吃西瓜，一个捡瓜子的孩子，端了脸盘放在青跟前。我们小时候，很多人都捡过瓜子，捡过瓜皮，秋天的时候，还捡过橘子皮。捡瓜子的孩子，脏兮兮的，有吃瓜的人嫌孩子脏，会让孩子走开。但这个孩子把脸盆放在青跟前时，青没让孩子走开，青把瓜子一个一个吐在孩子的脸盆里。另一次上街，一个人掉了两分钱，我捡起来。青见了，骂了我，说别人的钱不能要，让我还给人家。这些，真的让我觉得我这个青舅母非常好。我还记得青说过她住在青泥，这天我就问着青说："青泥在什么地方呀？"

青说："抚河边上。"

我说："离抚州远吗？"

青说:“有九十里。”

我说:“青泥好玩吗?”

青说:“好玩,春天的时候,到处都开着橘子花。”

几天后,青走了,但青泥这个地方,却没离开我,我老会想着这个到处开满橘子花的地方。不久,舅舅来了,我一见他,就问着说:“你是住在青泥吗?”

舅舅说:“我不住在青泥,住在哪里?”

我就觉得奇怪,舅舅其实经常来,在我更小的时候,他还抱着我上过街。但一直以来,我都不知道他住在青泥,他也没跟我说过他住在青泥。或许他说过,我没在意,但当漂亮的青舅母告诉我她住在青泥后,我一下子就记住了青泥。青还告诉我青泥到处开着橘子花,我吃过橘子,但没见过橘子花,我很想看看橘子花,于是我跟舅舅说:“我要去青泥。”

舅舅这次没答应我,但后来的一天,我还是跟母亲去了一趟青泥。是我天天赖着要去青泥的,我跟母亲说:“我要去青泥。”又说:“带我去青泥。”还说:“什么时候带我去青泥呀?”但母亲一直没带我去。有一年,是我十三岁的时候,我外婆身体不好,青托人捎来口信,说他买了几斤橘子蜜给外婆吃,她忙,走不动,让母亲去拿。母亲就去了,还带了我去。

正是橘子花开的时候,还在车上,我没看到橘子花,却闻到了花香,是那种沁人心脾的香气。我问母亲怎么这么香,母亲说橘子花香。母亲指着窗外,让我看,说那白白的花,就是橘子花。车一晃而过,但那星星点点的白,却像夜空中的星星一样,灿烂在我心里。

我现在还记得,进青泥时有一座门楼,上面一行字,我认得:瓜果之乡青泥欢迎您。门楼两边还有一副嵌名联,我也认得,这副对联是:

青葱翠绿现赣东河山锦绣

泥土乌黑孕抚州瓜果飘香

那天在青泥,我真感受到青葱翠绿,在一条河堤上,我看见了一块河滩上栽满了橘子树。橘子花开着,一簇一簇的白花点缀在绿树中,仿佛是蓝天里的一朵又一朵的白云。是青带我走上这条河堤的,她说在河堤上最好看橘子花。堤上有人走动,但奇怪的是,这些走来走去的人,并不像我们抚州街上那些人那样,左一眼右一眼地看着青。我心里存不住事,我当时就问着青说:“这里怎么没人看你呀?”

青说:“青泥的人都漂亮,当然没人看我了。”

我说:“青泥的人怎么都漂亮呢?”

青说:“青泥水土好,出美女呀。”

青这么一说,我就注意到了,青泥的女人确实漂亮,我随后看到我跟前走过一个女人,又走过一个女人,再走过一个女人,她们都跟青一样漂亮,甚至她们比青还漂亮,至少我没看到她们脸上有雀斑。

现在想来都有些不可思议,青在青泥那么多年,我总共才去过青泥两次。除了这次外,我十四五岁时还去过一次。这次是深秋,也就是橘子熟了的时候,这次我感受到了瓜果飘香。当然,深秋的时候没有瓜,只有果,这果就是挂满枝头的橘子。满树黄灿灿的橘子,在堤上看去,仿蓝天里的红霞。这次也是青带我到堤上,青问我想不想吃橘子,我点头。青就带我下了堤进了橘园,橘园里有人摘橘子,他们见了我,不停地喊我们吃,还不停地把橘子往我们手里塞。我剥了一个塞进嘴里,觉得很好吃。

青泥的橘子确实好吃,在我们抚州,青泥的橘子也是相当出名的,可以和南丰蜜橘相比美。我知道南丰这个地方,也吃过南丰蜜橘,我觉得一样好吃。为此,我当时还问着青说:“这是南丰蜜橘吗?”

青说:“傻话,这是青泥橘子。”

的确,我说了一句傻话。

这以后,我再没去过青泥,青倒来过一次,这是我外婆过世那年,舅舅和青都来了,记得安葬了外婆后,舅舅突然跟我父母说:“我想把这房子处理一下。”

我当时基本听不懂这句话的含义，但后来明白了，原来我母亲是我外婆抱养的，舅舅才是外婆的亲生儿子。外婆过世，房子就是舅舅的。大概是那年舅舅手头紧，外婆一过世，舅舅就想卖房子。但青不同意，她跟舅舅说："你这不是赶你姐走吗？"

我母亲接嘴说："我们会去外面找房子。"

青说："不要去找，就住这里，女儿也有继承权。"

话都说到这种份上，舅舅就再没作声了。

以后，我再没见到青。我没去青泥，青也没来抚州。现在想想都觉得好笑，青泥不远，只有四十几公里，但在那个年代，却让我有远在天边的感觉。我想去，却没办法去。不知为什么，青也一直没来抚州。好久好久后的一天，我忍不住了，我问着母亲说："青舅母怎么这么久不来抚州呀？"

母亲说："她不会来了。"

我说："她不会来，为什么？"

母亲说："你舅舅和青舅母离婚了。"

我很惊讶，我说："他们离婚，为什么呀？"

母亲有些不耐烦了，她说："你一个伢崽，问这么多做什么？"

我不敢问了，但想到以后见不到青，心里难过得要死。

是舅舅外面有了女人，要和青离婚的。舅舅提出离婚后，青没吵没闹，只提出一个条件，她跟舅舅说："你要离婚可以，两个孩子跟我。"

舅舅不同意，他说："一人带一个。"

青说："你一个都不能带，要不，我就不离婚。"

舅舅说："凭什么我一个都不能带？"

青说："你是什么样的一个人我还不知道呀，让你带孩子，这个孩子一定不会有好结果。"

舅舅无奈，只得同意了。

这些是我后来才听说的，事实证明青的决定是正确的。若干年后或者说现在，青两个长大成人的儿子都很有出息，他们一个在东华理工大学当教授，另一个则在南昌一家出版社当总编。

舅舅离婚后离开了青泥，去了南丰。他找的那个女人是南丰人，他跟这个女人走了。

我在前面提到过南丰，这个地方橘子出名。其实，南丰有三子出名，除橘子外，还有女子和炉子。南丰的女子我见过，是十七八岁那年，我去了一趟南丰。当时舅舅在付坊乡工作，付坊离南丰有近四十里。我到南丰后，因为没赶到车，便走路去付坊。一路上，我跟前走过一个女人，又一个女人，再一个女人，我看见她们确实漂亮。这让我觉得回到了青泥，在青泥的时候，我跟前也走过一个又一个女人，她们个个都好看。我就有些不明白了，南丰和青泥相隔七八十公里，但它们却有很多相似的地方，南丰女子漂亮，青泥女子也好看。南丰橘子出名，青泥橘子也是名声在外。要知道，南丰和青泥之间，还隔着一个南城。古代这个地方叫建昌府，但我从没听人说过南城的橘子好吃，更没听谁说过南城的女子好看。

这天我到付坊后，看到了舅舅新找的女人也就是我的新舅母。她是真正的南丰女子，但我却不觉得她好看。回来后我跟母亲说："舅舅新找的老婆根本没有青舅母好看。"

母亲说："比青舅母好看，人家是真正的南丰美女。"

我说："她不好看，一点都不好看。"

那些年，我其实很想再去青泥，想去看看青。但青和我舅舅离婚了，青和我们家就没什么关系了，我找不到去的理由。但我真的会想着青，后来，是我三十多岁之后，我坐车去了一次青泥。但这天，我却没看到青。青原来住的老街已经拆了，我根本找不到方向，辨别不出青住在哪里。找不到就问，我走近一个老人，问着他说："我跟你打听一个人，她叫青。"

老人便喊着说："青儿，有人找。"

便有一个好看的女孩儿跑出来，她看着我说："叔叔找我吗？"

我摇着头说："不是你。"

走开后，我又问了一个老太婆，我说："我跟你打听一个人，她叫青。"

老太婆也喊着说："青呀，有人找。"

这回跑出来的是一个十七八岁女孩，她也看着我说："叔叔找我吗？"

我摇着头说："不是你。"

我这天终于没找到青，到下午了，我只得怏怏而回。

我真的一直都记着青，记着这个我曾经的青舅母。因为记着她，青泥也永远装在我心里。一次坐在电脑前，青泥忽然又冒了出来。立即，我在百度搜索里打了"青泥镇"三个字，立即，我看到这样一段文字：

青泥镇位于抚州市临川区东部偏南，距抚州45公里。东隔抚河与金溪相望，西邻腾桥镇，南毗鹏田乡，北界嵩湖乡。全境呈长方形，总面积57平方公里，辖14村委会，98个村小组，总人口24841人，耕地面积23900亩。

青泥以种植水稻、柑橘为主，西瓜、蔬菜次之。素有"水果之乡"美称和"十子三瓜"之美名。"十子"即橘子、梨子、柿子、桃子、李子、柚子、橙子、枣子、枇杷子、莲子。"三瓜"即西瓜、冬瓜、地瓜。

…………

下线后，我出门了，走过一条直街，我上了文昌桥。远远的，我看见一个打着小花伞的女子走来，愈走愈近了，女子也愈看愈好看。青曾经也打伞走在文昌桥上，我忽然觉得，这好看的女子就是青，青就是这女子。

我对青的印象，永远都这样美好。

对青泥的印象，也如此。

桃子

桃子喜欢旅游，有时间的话，她会去很远的地方。比如北京上海云南广西，她都到过，还到过西藏新疆等许许多多的地方。很多认识桃子的人都说她因为旅游，而把婚姻耽搁了。桃子的母亲也是这么认为的。桃子都二十八了，还单身一人。喜欢旅游的人很多，但真正喜欢旅游的女人并不太多，因旅游而耽搁婚姻大事的女人更少。桃子的母亲为她的婚姻急得很，她总说桃子你到底要去外面找什么呢，你怎么就不找个你喜欢的人进来呢。桃子说我什么也不找我只喜欢去外面玩。母亲说你是小孩呀，还玩。桃子不大顶撞母亲，但依然我行我素，有时间照样出去。有时候没时间，走不了很远，她附近也要转转。

这一天桃子又出去了，没走太远，只是去桃山乡。桃山乡东边有一个叫桃花岭的地方，桃山中学就在桃花岭上，桃子在这所中学读了两年高中。桃花岭是个很美的地方，每年春天，桃花岭上开满了红艳艳的桃花。桃花岭很大，远远看去，无边无际的桃树一片黛青，它仿若一口湖，而灿灿开放的桃花，便是天上燃烧的云霞，这云霞落进湖里，湖里也就姹紫嫣红了。桃子很喜欢这个地方，总要看个半天，然后往枫山去。枫山离桃花岭有十几里，是桃子的老家，桃子就是在枫山长大的。桃子在桃花岭读高中时，每个星期一都要从家里走到学校去。而星期六下午，又要从学校走回到家里来。现在，桃子还喜欢走在那条路上，她不一定会进村，她只喜欢在路上走走看看。路两边全是桃树，春天花开了，艳艳的桃花漫山遍野开放，一座山都红了，像火在烧。

现在就是春天了，桃子走在通往枫山的路上，路两边桃花无边无际，红红的一片。这景致十分好看。桃子穿一件红衬衣，她也融入这景色里。

和这景色融在一起的，还有另一个女人。

这女人和桃子长得一模一样，也穿着红衬衣，她是另一个桃子。

但此刻，桃子并不知道前面还有一个自己，她尽管走在通往枫山的路上，但心，还留在桃花岭，那个她读过书的地方。

一个过去的故事，现在，鲜鲜活活呈现在桃子眼前了。

桃子在桃花岭读了两年高中，如果不是一场意外，桃子会一直在这儿读完高中的，然后考上大学。但那次意外，使桃子很快离开了桃花岭。

任何一个故事都是由男人和女人构成的，这个故事也不例外。不同的是那时桃子还不是一个女人，她只有十七岁，她只是一个女孩。故事中的男人也称不上男人，他也是十七岁，一个男孩而已。

这个男孩叫小麦子。

桃子一开始读高中时，就在学校寄宿。刚才说了，桃子的家在枫山，距桃花岭有十多里。每个星期六，桃子都要回家。十多里刚好是半个下午的路程。桃子放了学，四点钟往家赶，一路翻山越岭，到家时天就黑了。起先，桃子总一个人走，后来，边上多了个男生，这个男生就是小麦子。小麦子那时喜欢上了桃子，他总是在桃子回家的路上等桃子，然后送桃子回家。桃子对小麦子也有好感，她喜欢和小麦子走在一起。有小麦子相伴回家的日子，桃子变成了一只快乐的小鸟。

可惜，这只小鸟没有快乐多久，就因一次意外而失去了快乐。那天晚了，小麦子没送桃子回家，而是把桃子带回了自己的家。桃子的母亲不见女儿回家，半夜找到了学校。一个同学告诉桃子的母亲，说桃子跟小麦子一起走了，她没回家，一定在小麦子家里。同学没说错，桃子的母亲随后在几个学生和一个老师的带领下，果然在小麦子家里找到了桃子。那天桃子和小麦子在外面玩晚了，不敢回家，只好去小麦子的家与小麦子的妹妹睡在一起。但从此，桃子和小麦子恋爱并住在小麦子家的消息传遍了全校，桃子为此抬不起头。桃子的母亲怕影响女儿的学习，她在这以后不久为桃子转了学。

很多年后，桃子把这事告诉了一个作家，作家写出了一篇很感人的文章。桃子看过这篇文章，她觉得结尾写得特别好。现在，桃子还能背出来：

桃子转学了，离开了桃花岭，但在小麦子心里，桃子没走，他觉得他还能见到桃子。他在桃花岭上开满桃花的日子里，总觉得桃子就在桃花岭上，那一蓬一蓬盛开的艳艳的桃花，就是桃子绰绰约约的身影。

以往，桃子到桃花岭来，总会想到这个美好的结尾。但这次，桃子却产生了一种异样的想法，桃子想要是那天晚上不在小麦子家里住，母亲不让自己转学，自己会和小麦子好下去吗。如果好下去，会结婚吗？如果结了婚，现在是什么样子呢？

桃子当然不知道这样会有什么结果，但有人知道，她就是前面那个桃子。

桃子慢慢离她近了。

不过，桃子并不知道前面有一个长得和她一模一样的人。现在，桃子离枫山不远了。这枫山和桃花岭不同。桃花岭一带到处都是桃树，一到春天，花一开，红了漫山遍野。而枫山却不见一棵枫树，也不见红红的枫叶，不知道这没有枫树的地方怎么会叫一个枫山的名字。但枫山的另一个字却恰如其分，枫山有山，到处是山，这里是真正的山区。

桃花开过后，山也就黯然失色了。

桃子另一个故事，藏在大山里。

桃子转到了县城一所中学，桃子的父母原本以为桃子转到县中读书，成绩会更好，会考取大学。但桃子母亲失望了，桃子没考取大学。桃子后来复读了一年，这一年，桃子如愿考取了。但不幸的是，桃子复读这年，她父亲一直生着病。桃子的父亲是家里的主要劳动力。她父亲一生病，一个家几乎就塌了。家里拿不出桃子读书的钱。再加上那年比桃子小十岁的弟弟也要上学了。弟弟那时候总是背着桃子用过的旧书包，在屋里走来走去，乐陶陶的样子。桃子看得出来。小小的孩子心里，也有一个希望了，这就是读书。桃子是姐姐，她怎么也得让弟弟的希望变成现实。

开学了，弟弟如愿背着书包一跳一跳地跑去上学了，桃子却没走。桃子门口走过一个一个背着书包上学的孩子，桃子不敢看他们，桃子看见他们就难过。桃子后来拿了一把柴刀一根扁担上山砍柴去了。现在，桃子有书读却读不起，桃子很难过，在山上呜呜地哭了起来。

桃子那年十八岁，十八岁的女孩还是多梦的季节，桃子哭了一阵，坐在树下睡着做起梦来。桃子梦见自己去读大学了，父母帮她担着行李送她出山，桃子就像一只出笼的鸟儿，在父母面前又跑又跳，快乐无比——

桃子的梦终止于一个人的喊声。

这人是村长的儿子，半痴半傻的一个人。他见桃子在树下睡着了，就喊她。桃子在他喊声中醒了。桃子醒了没看他，她还沉浸在梦里。桃子眼前就是一条出山的路，桃子在梦里就是从这条路上走出山的。桃子久久地看着那条路，桃子在心里发誓，一定要让梦变为现实。

三天后，桃子的梦便成为现实。桃子去找村长借钱，村长没借，但村长说桃子以后如果肯嫁给他儿子，他可以出钱给桃子读书。村长是极精明的一个人，他想自己半痴半傻的一个儿子，如果娶了桃子这样有文化的老婆，下半辈子是不愁了。桃子考虑了两天，同意了，村长于是让桃子和儿子订婚，全村的人都去吃订婚酒。订婚酒一完，桃子就动身了。那个梦，桃子让它实现了。不同的是，送桃子出山的不仅仅是她父亲一个人，还有村长和他儿子。他歪歪倒倒走在桃子的旁边，桃子忽然觉得他是自己身上一只沉重的翅膀。

桃子在大学读了三年，三年的费用都是村长出。村长常去看她，也常说读完了书，就回去跟他儿子结婚。桃子每次都点头，但大学毕业后，桃子却没跟村长的儿子结婚。桃子觉得倘若自己没有读过书，或许会跟他结婚，但现在怎么可能呢，他一个半痴半傻的人，连南昌是什么地方都不懂，桃子觉得自己的丈夫绝不是这样一个人。

桃子不跟村长的儿子结婚，就让很多人骂她，说她利用人家，说她忘恩负义，还说她过河拆桥。桃子在这些闲言碎语中抬不起头。

那时桃子已离开了枫山村，住在城里了。但村长常常带着儿子找上门来。桃子惹不起，躲得起。她常常出门，去外面玩。多出去了几次，就养成了旅游的习惯。她喜欢到处去，她觉得外面挺好。

这事，桃子也把它告诉了那个作家，作家又写了出来。桃子看过这篇文章，她仍然觉得结尾写得特别好，这个结尾，桃子也能背出来：

桃子后来常常做一个梦，桃子梦见一座山压着她，那座山就是桃子以前天天砍柴的那座山。桃子离开了那座山，而且很远很远，但有时桃子又觉得那山其实离她很近很近。比如在梦里，山就压着她。

也不知为什么，桃子在沉湎于往事后，总有些异样的想法。桃子想要是嫁了村长的儿子，肯定不会有被山压着的感觉，但结果又会怎么样呢？桃子仍不知道。

这点，也有人知道，就是前面那个桃子。

桃子离她越来越近了。

现在，去枫山的路上走着两个女人，一个是桃子，另一个也是桃子。两个女人开始隔着十几米的距离，慢慢地，桃子把距离拉近了。十米、五米、两米……接着，桃子就超过那个桃子了。桃子在超过她时回了回头，这一回头，桃子吓了一跳。桃子竟然发现这个人跟自己一模一样。

也有些不同，这就是桃子脸上比较平静，而另一个桃子却满脸悲伤。

为了便于区分，我们还是把桃子叫作桃子，把另一个桃子叫作女人吧。

两个人互相看了一会儿，桃子开口了，桃子说："怪事，我怎么在这里看见了我自己。"

女人说："我是你吗？"

桃子说："是，你就是我，简直和我一模一样。"

女人说："我怎么会是你呢，我就是我呀。"

桃子说:“你是谁呀?”

女人说:“我是桃子。”

桃子更吃惊了,半天说不出一句话来,桃子说:“这如果是晚上,我一定会吓得魂飞魄散,你真是我呀,可是怎么会有两个我呢?”

说过,桃子还是很害怕,桃子忽然发现,现在尽管是大白天,阳光灿烂,但路上却没有一个人。桃子以前体验过,即使在大白天,一大片空地上如果空无一人,也是很吓人的。现在就是这情景,远远近近没有一个人,让桃子觉得很害怕。当然,桃子身边有一个女人,但她低着个头,一脸悲伤。而且女人走路飘飘的,无声无息,桃子如果不看她,根本不觉得身边还有一个人。

好在她还喜欢说话,桃子和她说着话时,就不那么害怕了。

她们又说起话来:

女人:你好像一直在看着我。

桃子:我还在奇怪,我怎么会在这儿看见我自己?

女人:我跟你说了,我就是我,不是你,每个人都是不同的,比如我在桃花岭中学读过书,你在这儿读过书吗。还有,我读高二时就被一个男生喜欢上了,你那时有人喜欢你吗?

听女人这样说,桃子惊得目瞪口呆,她好像觉得这是梦,但使劲掐了掐自己,很痛。这使桃子明白,这不是梦。

女人没注意桃子,继续说:那是我觉得最快乐的一段日子,那年我十六岁,在这桃花岭中学读高二。你知道桃花岭吗,这儿太美了,每年春天,桃花岭上开满了红艳的桃花。桃花岭很大,远远看去,无边无际的桃树一片黛青,它仿若一口湖,而灿灿开放的桃花,便是天上燃烧的云霞,这云霞落进湖里,湖里也就姹紫嫣红了。我的家在枫山,距桃花岭十多里。每个星期六,我都要回家。十多里刚好是半个下午的路程。我放了学,四点钟往家赶,一路翻山越岭,到家时天就黑了。起先,我总一个人走。后来,边上多了个男生,他叫小麦子。我十七岁那年已情窦初开了,我不仅喜欢桃花岭上鲜艳的桃花,也喜欢上小麦子了。有小麦子相伴回家的日子,我变成了一只快乐的小鸟。

小麦子也喜欢我，不然，他不会每个星期等我回家。可是这快乐的时间太短了，高中毕业后小麦子考取了大学，而我却没考取。小麦子开始还在大学里跟我来过几封信。后来，就不来了。我知道小麦子嫌我，我落榜了，而他却是大学生，我们不可能走在一起。但我不死心，我非常喜欢小麦子，那是我的初恋，我不想失去他。要不失去他，只有和他拉近距离，这点我懂。于是我复读了一年，结果我也考取了大学。但我注定不能和小麦子在一起。我考取大学这年，我父亲病了，家里为他看病花了很多钱，家里再拿不出钱来给我读书。况且，那年小我十岁的弟弟也要上学，为了我弟弟，我只得放弃上大学。眼看着大学读不成了，但峰回路转，我们村长愿意出钱给我读书，这是好事，但天上不会有无缘无故掉馅饼的事。村长也是有条件的，那就是我读完了大学，必须嫁给他那个半痴半傻的儿子。为了上大学，我答应了。

桃子这时魂都吓掉了，现在她可以断定，这个白天，这个阳光灿烂的日子，她碰到了一件古怪的事，眼前这个女人，她就是自己，是另一个自己。

桃子害怕得不敢看她。

女人仍没注意桃子，她还在说着：

但我实在不想嫁给村长的儿子，村长的儿子没一点文化，连南昌是哪儿都不知道，我一个大学生，怎么能找这样一个男人结婚呢。但我又不能反悔，我用了村长很多钱，我如果反悔，别人就会说我利用人家，说我忘恩负义，说我过河拆桥。为此，我读完大学后，就和村长的儿子结了婚。但我实在错了，村长的儿子真的很傻，他有时候衣服都不穿，就那样赤身裸体地走出去。有时候他还在大街上拉着我要做那事，一点廉耻也不顾。我这时候总是怒从心起，我会狠狠地打他，手里有什么就用什么打。一次我手里拿着一块砖，我就用这块砖砸他，结果砸在头上，把他砸死了。

桃子听到这里，大喊一声，桃子说："你杀了人呀。"说着，桃子抬起头来，去看那个女人，但奇怪，桃子眼前没有人。

那个女人不见了。

桃子觉得这个下午太可怕了，女人不见了，只剩下她一个人了，空空旷旷的一条山路上只有她一个人。

桃子吓得浑身都在发抖。

幸好这时对面走来了几个人。

几个人慢慢走近了，桃子认出了他们，他们就是枫山村的。几个人也认出了桃子，还看出了桃子的不对劲，于是他们开口问起桃子来，都说："你怎么啦？"

桃子说："我们村里是不是杀了一个人？"

"没有呀。"他们说。

"村长的儿子被杀了呀，是他妻子杀了他，他妻子是个大学生。"

"你说这件事呀，都过去好多年了。"

"那个大学生叫什么？"

"桃子。"

短笛无声

叶长根是初中毕业生，这在当时的山陂村是唯一的。就是在山陂村所在的山溪乡，也不多见。为此，叶长根很快做了村小的老师。但仅做了半年，叶长根就回家了，原因是上面派了一个正式的老师下来。当时山陂村小学只有十几个学生，有一个老师，足够了。这样，叶长根只有回家。两年后，村小学生增多，有二十多个学生了。学生一多，叶长根又回到了学校。在以后的十几年里，叶长根这位民办老师是几进几出。学校老师少或者学生多的时候，他在学校做老师。学校老师多或学生少的时候，他就离开学校。不过，从80年代初开始，叶长根再没离开过学校。直到1988年转为国家正式老师。

转为国家正式老师后，叶长根便一直在山陂村小教书。其间，学校老师来了又走，走了又来，变动很大，只有叶长根没动。当然，叶长根不是不想动，他也托过人，想调到县里去，但没调成。后来，又想往乡中心小学调，也没调成。到1999年，学校老师差不多调光了，只剩下一个叶长根。教师一走，学生也走。到2001年，学校只剩下三个学生。

只有三个学生的学校就不像什么学校了，叶长根也不怎么管，只是开学的时候给学生发发书。过后，就随便得很。他有空，就跟学生上一堂课。没空，就不上。山陂村办了个竹席厂，做那种麻将竹席。叶长根在厂里另赚一份钱，哪里有多少空。为此，一个学期下来，学生还上不了十节课。

叶长根村里有一个高中生，考了两年大学，没考取。后来他到乡广播站做了报道员。乡一级的报道员，勤奋得很，报道员总是一天到晚骑一辆自行车出去采访。山溪乡是侈城市最偏僻的山乡，自行车的作用不是很大，说是骑车子出去，其实要走的路很多。有时候还要把车子扔在一个什么地方，翻山越岭走很多路，辛苦得很。这天报道员从外面回来，看见叶长根一个人坐在外面，便过去说话。报道员说叶老师你教了很多年书吧，我记得我小时候你就在做老师。叶长根说我1968年就开始教书。报道员算了算，说今年是2002年，从1968年开始，你教了34年了。又说这么多年，你教了多少学生呢？叶长根说说不清了，有时多有时少，像现在，只有三个学生。报道员并不知道村小只有三个学生。听叶长根这么说，立即觉得有新闻价值。于是又问了一些问题，然后推着车子走了。

几天后，报道员便写了一篇叶长根的报道。

这篇报道随后在乡广播站播了出来，全文如下：

乡报道员报道：我乡山陂村小学教师叶长根立足乡村，三十四年教书育人，在平凡的岗位上做出了成绩，受到村民的称赞。

山陂村小学创办于1968年，这年叶长根刚初中毕业，他毅然选择了教书育人这一高尚的职业，从此一干就是三十四年。三十四年来，学校老师来了一批又一批，但又一批一批地调走了，只有叶长根没有离开。当然，叶长根也想调走，但他舍不得那些孩子。叶长根总说：如果所有的老师都走了，那些学生谁来教，山区的孩子也要受教育，他们有这个权利。正因为如此，叶老师没有走，他扎根山乡，默默地为山区的教育事业奉献着自己的青春。目前，山陂村小只有三个学生，但叶老师没有因为学生少而放弃教学，他像以往一样为学生上好每一堂课，在只有三个学生的学校，我们仍然听得到学生琅琅的书声。

乡广播站一般有往上级广播台投稿的任务，两天后，报道员把这篇报道寄给了侈城广播电台。

在报纸广播电视三大新闻媒体中，广播是最不景气的。侈城广播电台平时稿源很少，寄他们稿子，一般都能播出来。电台收到山溪乡报道员的来稿后，稍作改动，就播了出来。

现在听广播的人少，那报道从喇叭里一播出，便被一阵风吹得无踪无影了。

听广播的人少，但广播电台也在侈城非常气派的新闻大厦里办公。新闻大厦共9层，一二三层是侈城日报社，四五六层是侈城电台，七八九层是侈城电视台。一天报社一个记者到电台问他们有没有什么好线索。电台一个编辑说山溪乡一个报道员来了一篇稿，写他们乡山陂村一位老师，在只有三个人的学校教了三十四年书。那记者一听，两眼放光，忙让那编辑找出稿子给他看，边看边说这是条好新闻。说着，拿着稿子喜滋滋走了。

这位记者第二天就让单位派车下去了，随同他一起去的还有一位摄影记者。到山溪乡后，乡里派了一位宣传委员和那位报道员陪同他们下去。

山陂村离乡里并不远，只有六七里，不一会儿就到了。但在学校记者并没看见学生上课，也不见老师。这学校也小，只有一幢小平房，三间房子。两间像住人的样子，一间像教室，都锁着门。记者见了，就说怎么不像个学校，老师呢，学生也不见一个。说着，又看着那报道员说那稿子是你写的吧，你是不是胡编乱造的。那报道员忙解释，说叶老师在村里办的竹席厂里做事，我去叫他。说着，跑走了。不一会儿，叶长根就跟着报道员跑来了。记者见了，就说你是叶老师？叶长根点点头。记者说你怎么不上课？叶长根说只有三个学生，他们不愿来，我也就算了。记者说这怎么行，三个学生也要跟人家上课，你看看，这报道上不是说你没有因为学生少而放弃教学，也像以往一样为学生上好每一堂课吗。叶长根不好意思地笑笑，没作声。记者又说你是不是教了三十四年的书？叶长根点点头。记者说你哪一年开始在这里教书？叶长根说 1968 年。记者说一直在这里吗？叶长根说一直在这里。记者说这个学校以前最多有多少老师。叶长根说最多的时候有四五个。记者说他们呢？叶长根说都调走了。记者说你为什么没调走？叶长根说我也想调，但一直调不走。记者说所以你就坚持了下来。叶长根点点头。记者说你一个人在山里教书，不寂寞吗？叶长根说寂寞有什么办法。问到这里，记者不问了，而是看着另一个摄影记者说你看呢。摄影记者先没说话，只这里看看，那里看看，然后跟那记者说你看过电影《凤凰琴》吗？记者说看过。摄影记者说我觉得这里倒有点像那电影里的场景，这里也是一个老师，几个学生，要写，还是有写头的。记者点点头，然后两个人走开来商量起来。没过多久，记者跟叶长根说你去把三个学生找来，又说还找一根竹竿，一面红旗来。叶长根说竹竿有，红旗没有。记者听了，就说什么，你们学校连红旗都没有。叶长根又不好意思地笑笑，也没作声。乡里那位宣传委员这时说乡里有红旗，你们要用的话我去拿来。记者说那就麻烦你了，让我们司机开车去。宣传委员点点头，坐车走了。叶长根也走开了，喊几个学生去了。不一会儿，几个学生喊来了，还把一根长竹竿拿来了。记者又问叶长根，说你会吹笛子吗？叶长根摇摇头。记者说那笛子有没有呢？叶长根也摇头。记者说你看看村里谁有笛子，借一根来。叶长根听了，又走了。过了一会儿，叶长根回来了，空着手。记者见了，就说一个村没人有一根笛子？叶长根点点头。报道员在边上小心着问，说要笛子做什么呢。记者说是这样，等下我们要拍一个升旗仪式，让叶老师用笛子吹奏国歌，三个学生举着手站在红旗下。叶长根说我不会吹。记者说哪要你真吹，做成吹笛子的样子就可以。报道员说既然做样子，找一截竹子不是也可以吗，反正在照片里，又没人看得出来。摄影记者说也好，找一截竹子，放在嘴边做成吹的样子，不过竹子不能太新，用旧竹子，这样看起来像笛子。报道员点点头，去了。他刚走，汽车来了，宣传委员拿了红旗来。记者便赶紧让叶长根把旗绑在竹杆上，绑好，在小平房前挖了个坑，把旗杆竖了起来。

不一会儿，报道员拿了一截竹子来了，宣传委员见了，就问要这竹子做什么。记者又把刚才的话说了一遍。宣传委员说要笛子容易，我们乡长会吹笛子，要不要我去拿。记者说那就麻烦你再跑一趟。宣传委员又点点头，坐着车走了。

这里，记者跟叶长根说待会儿拍照时，你把笛子横在嘴边，做成吹笛子的样子，让两个学生举着手，一个学生拉绳子，做成升旗的样子。拍完这张后，还要拍学生上课的照片，你把教室扫一扫，课桌摆好。然后拍一些你和孩子做游戏的照片。说着话时，宣传委员拿了笛子来。记者赶紧交给叶长根，让他放嘴边吹。村里很多人在旁边看，见叶长根做出吹笛子的样子，哈哈大笑。

三天后，《侈城日报》在三版以半个版的篇幅刊登了叶长根的事迹，上面登了五幅照片，一篇文章。

那篇文章倒不长，是这样写的：

亲爱的读者，你看过电影《凤凰琴》吗，影片里有一个这样一个别致而感人的升旗仪式，乡村老师用笛子吹着国歌，在悠扬的国歌旋律中，国旗冉冉升起。这别致而感人的升旗仪式，不仅只是电影里有，我们的生活里也有，我市山溪乡山陂村小学每天也要举行这样的升旗仪式。

山陂村，一所三个学生的学校

每天早上，当太阳从山陂顶峰露出笑脸时，山脚下一幢小平房前便传出一阵阵悠扬的笛声，一面鲜艳的五星红旗在国歌的旋律中冉冉升起。这是山溪乡山陂村小学在举行庄严的升旗仪式，学校里唯一的老师叶长根用笛子吹着国歌，国旗下站着三个学生，他们举着小手，三双眼睛凝视着国旗。

崭新的一天在清脆的笛声里开始了。

山溪乡是我市最偏僻的山区，平均海拔在1000米以上。当地有一句话形容说山溪山溪，有山无溪，上山累断气，下岭坐滑梯。山陂村地处山溪东南，距乡政府4公里，海拔1200多米。全村分上下两个自然村，一个叫上陂村，一个叫下陂村。两村加起来有180多人，50户人家。由于地处深山，农家孩子上学极为不便，每天要翻山越岭走4公里路到乡中心小学读书。1968年，上陂村和下陂村利用一间民房，办了一所小学。70年代，这所小学正式命名为山陂村小学。1968年，初中毕业的叶长根来学校任教，那年叶老师只有16岁。连叶老师自己也没想到，从此，他和学生结下了不解之缘，一教就是34年。

山陂村到1999年才铺通了简易公路，在铺通公路前，山陂村的孩子都就近上学，学校最盛时有四十多个学生，5个教师。但通了公路后，学生越来越少，老师也都调走了。到2001年，学校只剩下叶长根老师和三个学生。尽管只有三个学生，叶长根还是尽心尽责上好每一堂课，语文、数学、思想品德、音乐、体育、自然，每门他都上得认真。日复一日，年复一年，叶老师在三尺讲台上默默地奉献着自己的青春。三十四个春去秋来，当年一个16岁的孩子，已满头花白了。由于操劳，叶老师看上去比实际年龄大一些。但叶老师无怨无悔。他的青春没有白白流逝，近几年来，全乡教学质量评比，山陂村小学总是名列前茅。恢复高考后，叶老师教过的学生有十多人考取了江南大学、江南医学院，佟城财院等大中专院校，他们像金凤凰一样飞出了山区。

在报上刊了出来的还有五幅照片，内容如下：

第一幅：叶老师吹着笛子，一个学生拉着绳子，两个学生举着手。

下面是这样一行字：庄严的升旗仪式。

每二幅：三个孩子的特写镜头。

下面一行字是：三双渴望知识的眼睛。

第三幅：叶老师背着孩子。

下面两个字是：回家。

第四幅：叶老师把伞打在几个孩子头上。

底下一行字是：为孩子撑起一片绿荫。

第五幅：孩子们在竹林里游戏，竹林里的竹笋破土而出。

下面几个字是：我们像春笋一样茁壮成长。

新闻大楼的七八九层是电视台，那天的《佟城日报》出来后，八楼一位电视记者看见了，他立即来了兴趣。随后他跟山溪乡挂了个电话，告诉他们想来电视采访。对方是宣传委员接的电话，他求之不得，满口答应。

三天后，电视台两位记者坐台里的汽车前往山溪乡采访。这两位记者一位是文字，一位是摄像。那位宣传委员和报道员早在乡里等着，他们一到，立即驱车前往山陂村。因为事先通知了叶长根，他已在村小等着，那几个学生，也在。但文字看了看，只有两个学生。文字说不是有三个学生吗，怎么只见两个。叶长根说有一个学生早一天去佟城亲戚家了，还没回来。宣传委员说两个不行吗？文字说不行，电视掺不得假。摄像也说两个学生绝对不行，要把那个学生叫来。叶长根说真找不到，也不知道他亲戚住哪里。文字想了想，跟宣传委员说我看只有另想办法了，你去乡中心小学接一个学生来，要跟那个学生一样大。宣传委员说这是个好办法，立即坐电视台的车子去了。宣传委员走后，文字四处看了看，然后跟叶长根说怎么没见旗杆呢？这报上不是说你们每天都要升旗吗？叶长根说那是报社记者写的，孩子一般都不来上课，那里会天天升旗。文字说旗杆也没见。叶长根说那天拍照片竖的竹竿是借别人的，拍完了，就还给了人家。文字说说你再去借来，今天还要用，还有笛子，也拿来。叶长根说我没有笛子。文字你怎么会没有笛子，你升旗的时候不是要吹笛子吗。叶长根说这都是那天那个记者安排的，其实我不会吹笛子。摄像听到这里，开口说扯淡，报纸就是好作假，糊弄人。文字说那天的笛子是哪里来的？叶长根说是宣传委员到乡里拿来的，他说乡长会吹笛子。摄像忙说那叫宣传委员把笛子一起带来。说着拿出手机要打，但一看，没有信号。便不打了，在那儿等。趁这工夫，叶长根去把竹竿拿来了，并把红旗绑好，绑成那种活结的，可以往上拉。不一会儿，宣传委员带了一个孩子来，宣传委员毕竟内行些，他不但带了孩子来，还从乡里拿了红旗和笛子来。文字和摄像见了，都说不错不错，正要打电话让你拿来，谁知没有信号。说着话，就做拍的准备了，让叶长根吹笛子。叶长根不会吹，他一把笛子横在嘴边，围着看的人就笑。文字和摄像这时也意识到这是个问题，就互相看看说电视要出声音，他不会吹，怎么行。两个说着，呆了起来。呆了一会儿，文字跟摄像说你看这样行不行，找一个会吹笛子的人在边上吹，我们不摄他，只把声音录进来。摄像说不错，就这样办。说着，看着宣传委员，跟他说你们谁会吹笛子？宣传委员说我们都不会吹，只有乡长会吹。文字说是不是叫你们乡长来一下，让他来吹。宣传委员说可以，我们乡长最重视宣传工作，我去叫他来。说着，又坐了车去。

宣传委员才走不久，摄像忽然说刚才忘了让他多带一根笛子来，等下叶老师要一根做样子，乡长在边上要吹一根，这里一根笛子不够。文字说电话又打不通，只好等下再劳宣传委员跑一趟了。

过了一会儿，乡长就来了，让文字和摄像高兴的是，乡长竟然多拿了一根笛子来。文字和摄像见了，十分高兴，说乡长就是乡长，竟然晓得带笛子来。乡长说你不是要我吹笛了吗，那根坏的，吹不响，我这根才吹得响。说着，吹起来,吹得蛮像回事,把个文字和摄像乐得喜不自禁。

随后开始拍了,文字让叶长根把笛子横在嘴边,三个学生两个站在旗杆一米远的地方举着手,一个在旗杆下拉着绳子,让红旗升起,乡长则在镜头拍不到的地方吹国歌。拍了两三遍,摄像一声 OK,好了。

随后又拍了叶长根跟孩子上课,叶长根一个人坐在门口吹笛子,叶长根和孩子做游戏等镜头。最后,还拍了拍山乡风景。一直忙到日落西山,方才回乡政府吃饭。

电视台后来为叶长根做了个专题片,片名叫《山乡笛音》,打算在《山乡风情》栏目里播出,但由于节目时间性不强,而台里有许多时间紧的节目等着要放,所以他们先放了下来,等台里节目少些时再放。

这一等就是一个多月,一个多月后他们想拿出来播,但那时候在放暑假,播一个老师的节目没什么意义,为此,他们又放了下来。

这一放,又是一个多月,直到教师节这天,他们才将节目播了出来。

这是电视节目,有很多图像,但图像离不开解说词,这里把解说词录下吧。

(口导)

电影《凤凰琴》里有这样一个别致而感人的升旗仪式,乡村老师用笛子吹着国歌,在悠扬的国歌旋律中,国旗冉冉升起。这别致而感人的升旗仪式,不仅只是电影里有,我们的生活里也有,我市山溪乡山陂小学每天也要举行这样的升旗仪式。

(同期声,笛子吹奏的国歌声)

山陂小学是山溪乡一所最小的小学,学校只有一个老师,三个学生。老师叫叶长根,每天清晨,当孩子到齐后,他都要用笛子吹响国歌,三个孩子举着小手,凝视着国旗,随着国旗的冉冉升起,山陂小学又开始了它崭新的一天。

山溪乡是我市最偏僻的山区,平均海拔在 1000 米以上。当地有一句话形容说山溪山溪,有山无溪,上山累断气,下岭坐滑梯。

山陂村地处山溪东南，距乡政府 4 公里，海拔 1200 多米。全村分上下两个自然村，一个叫上陂村，一个叫下陂村。两村加起来有 180 多人，50 户人家。由于地处深山，农家孩子上学极为不便，每天要翻山越岭走 4 公里路到乡中心小学读书。1968 年，上陂村和下陂村利用一间民房，办了一所小学。70 年代，这所小学正式命名为山陂村小学。1968 年，初中毕业的叶长根来学校任教，那年叶老师只有 16 岁。连叶老师自己也没想到，从此，他和学生结下了不解之缘，一教就是 34 年。

（同期声：学生读书声）

弯弯的月儿小小的船

小小的船儿两头尖

…………

每天，学生琅琅的书声伴着叶老师，从学生琅琅的书声中叶老师看到了希望，看到了自己的价值。山陂村小学最盛时有 30 几个学生，最少的时候只有三个学生。但不管学生多少，叶老师从来都认真负责。在只有三个学生的时候，他也是尽心尽力上好每一堂课。语文、数学、思想品德、音乐、体育、自然，每门课都要上，而且要上好。刚开始走上教师岗位时，叶老师是民办教师，每天只挣 4 个公分，不到三角钱。一年下来，满打满算不会超过一百块钱。这样的待遇，叶老师一干就是二十年。叶老师是当时上陂村和下陂村唯一的初中毕业生，他并不是没机会走出山区，但是什么信念支撑着他在偏僻的山区一干就是几十年呢，他是这样告诉记者的：

（同期声）

叶：我从 1968 年开始教书，到现在有 34 年了

记：这么长时间坚持下来是什么原因呢？

叶：山区的孩子也要受到教育，山区老师本来就少，如果我一走，年轻人又不大乐意来，所以我在山区这么长时间，一直看着这

些孩子越教越可爱。山区（的孩子）如果我不去教，那孩子面临着辍学，又没有文化，新文盲又出现了，这山区就会更穷。我就希望山区的孩子学好文化，走出山区，然后学成回来又为山区建设服务。

（同期声止）

日复一日，年复一年，叶老师在三尺讲台上默默地奉献着自己的青春。三十四个春去秋来，当年一个16岁的孩子，已满头花白了。由于操劳，叶老师看上去比实际年龄大一些。但叶老师无怨无悔。他的青春没有白白流逝，近几年来，全乡教学质量评比，山陂村小学总是名列前茅。恢复高考后，叶老师教过的学生有十多人考取了江南大学，江南医学院，侈城财院等大中专院校，他们像金凤凰一样飞出了山区。

（同期声，笛子声）

叶老师也有寂寞的时候，那就是孩子们放了学，他一个人留在学校的时候。这时他会吹起那根伴随他几十年的笛子，随着笛声袅袅飞出，叶老师心里又充实了。他的思想会随着笛声飞得很远很远，飞出乡村，飞进城市，飞到那些考取大学的学生身边。想起他们，寂寞就离开了叶老师，他的心里，觉得格外的踏实。可不，叶老师现在吹出的笛声不是变得欢畅明快了吗！

侈城电视台覆盖面非常大，偏僻的山溪乡也能收到，该乡有一个山垌村，离叶长根他们山陂村有四五华里。村里一个人看了电视后，带了他8岁的孩子往山陂村去。这人想把孩子放在叶老师学校读书。但到了村小，却没见到叶老师，也没见到一个学生。这人等了一会儿，看见一个孩子骑着牛走了来。这人于是看着骑牛的孩子说这是山陂村小吗。孩子说是。这人说叶老师在吗？孩子说叶老师到侈城打工去了。这人说叶老师不要教书吗？孩子说叶老师嫌学生少，不愿教。这人说叶老师不愿教，那几个学生怎么办？孩子说我们放牛。说着孩子骑着牛走到了一棵树下，孩子一伸手，折了根枝条，然后横在嘴边。

很好看的一幅牧童短笛图，但却没有笛音从里面袅袅飞出。

你在哪里

有一段时间，我经常到一个叫李家湾的地方去玩。我同学李飞住在李家湾，我们高中毕业没考取大学，都闲在家里，于是我老往李家湾跑。李家湾尽管离我们抚州有二十里，但要去那儿却十分方便，我在洪客隆超市门口坐18路公交，在一个叫黄远山的地方下车，然后走3里山路，就到李家湾了。李家湾是灵谷峰下一个小村，村里没多少房子，那些房子有旧有新高高矮矮参差不齐。村边也就是灵谷峰下还有一座小型水库。有水从灵谷峰流到水库里，形成一个小小的瀑布。李家湾的人把这道瀑布叫白米下锅。李家湾人也不多，大多数年轻人都出去打工了，只有一些老人在村里。其中一个叫李根的老人，有70多岁，他见了我，总会笑哈哈过来跟我打招呼，还说："小刘你又来了。"

我也笑着说："没什么事，到乡下来走走。"

李根老人又说："你不能老是这么闲着，你要找事做，我跟李飞也说过，让他去城里找事做。"

李飞就在我身边，李飞说："先歇一段时间吧，说不定我明年再考呢。"

李根老人说："考不考都不要紧，只要有事做就行。"

我赞同李根老人的话，我说："过一阵我们就去找事做。"

李根老人笑笑走了。

李根老人喜欢到灵谷峰山下的水库边去，老人一到水库边，就跟我说这水库是他十几岁时，他们用锄头一锄一锄挖出来的。老人水性好，七十多岁了，还敢下水游泳。一天，老下到水里半天不见人影，把我和李飞吓得要命。哪知，好半天后，老人却从水库边上一幢破烂的老屋里走了出来。这是一幢三幢直进的老屋，已经倒篱烂壁烂得不成样子，墙上都长了草。李根老人跟我说，他就是在这幢老屋里长大的。为此，他有时候还会到老屋里去看看。一天我和李飞随老人进去，只见里面一间一间有好多房子，一些房子保存得还好，只是久无人住，地上都长了青苔。青苔滑，李飞一不小心，跌倒了，于是李飞赶紧出来，以后再也不进去了。倒是我，有时候还会进去看看。我总想，一幢这么大的房子，当年多繁华呀，只是繁华事散逐香尘，时光把这一幢房子的繁华消散了。

这天，我又去了老房子，但这天是无心走进去的。这天雾大，我从抚州坐车出来，汽车前面什么也看不见，全是雾。我想如果是高速公路，这么大的雾，肯定关了。但乡间公路，雾再大，也照开，只是车开得慢，比走路快不了多少，本来半个小时的路，开了将近一个小时。来之前，我打了李飞的手机，李飞于是在黄远山等我。下车后，我们拐进了山路。山里雾更大，完全可以说十步以外不辨人马。路上李飞跟我说："雾太大了，我不来接你，你肯定迷路。"

我说："没见过这么大的雾。"

三里路，我们慢慢走，又走了大半个小时，才进村。但因为雾太大，进村后我和李飞很快走散了，我不知他去了哪儿。我喊他，也不见回答。我只好一个人走，东串西串，我就进了那幢老屋。让我奇怪的是，走进老屋后，我居然看见有灯光，我不知道是谁在里面，大概是李根老人吧。顺着灯光我走进了一间房子，但我在房子里没看见李根老人，而看见一个抱着孩子的女人。

女人正在奶孩子，见有人进来，女人说：“谁？”

我说：“这里怎么住了人呀，我印象中这里没住人。”

女人说：“你是谁呀？”

我说：“我是李飞的同学。”

女人说：“李飞是谁？”

我说：“李飞是你们李家湾的呀，你怎么连李飞是谁都不知道？”

女人说：“我没听说过我们李家湾有人叫李飞。”

我说：“奇怪，你怎么没听说过李飞呢？”

我说着时看了看女人奶着的孩子，这孩子很可爱，我于是问着女人说：“这孩子挺可爱的，他叫什么呢？”

女人说：“李根。”

我说：“李根，李根不是一个老人吗？”

女人说：“瞎哇。”

我说：“我不是瞎哇，村里真有一个叫李根的老人。”

在我说话时，屋里灯暗了些，女人便用一根牙签大小的东西在灯上拨了拨，这一拨，灯亮了许多。我在灯亮后忽然发现，女人屋里点的不是电灯，而是青油灯。我又吃了一惊，现实中我从没见谁点过青油灯，只在电视里见过，我于是问着女人说：“村里都点电灯，你怎么还点油灯？”

女人说：“电灯，什么电灯？”

我说：“你连电灯都不知道？”

女人说：“没听说过。”

我说：“匪夷所思，还有连电灯都不知道的人。”

女人呆呆地看着我，我也看着女人。忽然，我觉得有必要把李小飞喊来，让他看看这个连电灯都不知道的女人。这样想着，我拿出手机并按了李飞的号。但出乎意外的是，根本打不出去，也就是说，我的手机一点声音都没有。这也是很奇怪的事，我继续拨号，但结果依然一样，我手机里一点声音也没有。女人看我拨弄着什么，就问着我说：“你手里拿着的是什么呀？”

我说:“手机。”

女人说:“手机,手机是什么?”

我又是吃惊,我说:“你怎么连手机都不知道呢?”

我说:“我不知道,真的不知道,这手机有什么作用呀?”

我说:“手机跟电话一样,都是通信用的。”

女人说:“电话,电话又是什么呢?”

不知为什么,我突然就笑了起来,我说:“我这是到了什么地方呢,我眼前这个人,怎么连电话都不知道呢?”

女人有些不好意思的样子,女人说“让你见笑了,你说的那些我真的不知道。”

我说:“那么,你知不知道电视和电脑?”

女人更是茫然的样子,女人说:“电视,电视是什么?”

我不知道怎样回答女人,想了想,我问女人说:“收音机你听过吗?”

女人这回有反应,女人说:“收音机我见过,我们村长有一台,很神奇的,一个小盒子里,会发出声音。”

我说:“电视跟收音机差不多,不同的是收音机只发出声音,但电视会让人看到图像也就是电视里能看到人。”

女人说:“不可能,一个小盒子里能看到人?”

我说:“不仅可以看到人,村庄河流高山,什么都可以在电视里看到。”

女人说:“太神奇了,那么电脑又是什么呢?”

我说:“电脑就是电子计算机。”

女人说:“电子计算机又是什么?”

我忽然觉得要跟女人说清这些太难了,好在女人没有继续追问下去,女人抱在怀里的孩子要睡了,女人把孩子放进摇床,然后一边摇着摇床,一边唱起歌来。当然,女人唱的不是摇篮曲,这是一首我从没听过的歌,女人唱道:

天上布满星

月牙儿亮晶晶

生产队里开大会

受苦把怨申

…………

孩子睡着了，女人不唱了，我小声问着女人说：“你唱的什么歌呀，我从没听过。”

女人说：“你怎么连这首歌也没听过呀，大家都会唱。”

我说：“我不会唱。”

女人说：“那你会唱什么歌？”

我说：“我唱一首给你听吧。”说着，我唱起来：

那一夜，你没有拒绝我

那一夜，我伤害了你

那一夜，你满脸泪水

那一夜，你为我喝醉

…………

女人听了一会儿，打断我，女人说：“这是什么歌呀，一点意思都没有。”

说着，女人站起来，女人说：“天黑了，你到西厢房去睡吧。”

我往外看了看，天真的黑了。我来的时候，只是雾大，但现在，外面真的黑咕隆咚，一点也看不见。我当然不想在这里睡，我又拿出手机，要打李飞的电话，但手机不知怎么关了，怎么也开不了机。黑暗中我站在门口，想出去找李飞，但外面黑漆漆的，我不知往哪儿去。女人就在我身后，女人说：“你就在这里睡吧，西厢房是空的。”

我点了点头，跟着女人去了西厢房。

这一晚我睡得很好，到我醒来时，天已经大亮了。我站起来，发现我睡的地方就是水库边那幢倒篱烂壁的屋子。我急忙出来，但出来后，我不知道我在什么地方，我记得那个大雾天我跟李飞来到了李家湾，这是灵谷峰下一个小村，村里没多少房子，那些房子有旧有新高高矮矮参差不齐。村边也就是灵谷峰下还有一座小型水库。那幢烂房子，就在水库边。现在，我就从烂房子里出来。但我出来后没看到那个叫李家湾的小村，我眼前是一幅姹紫嫣红的图画。具体说吧，我眼前看到的都是花，一排红色，一排黄色，一排白色，这些花让我感到大地好像铺上了一块巨大的花毯。当然有树，那些树就像我以前在图画里看到的一样，都是一个样子。灵谷峰还在，山上全是树，这些树也是一排红叶一排绿叶地栽着。山在我眼里，也是一幅图画。我眼前没有房子，我只看到一些像篮球一样的球形物体。当然，这些球形物体比篮球大得多，像我以前住的房子那么大。这些球形物体有的飘在空中，有的就放在花丛里，甚至有些球形物体漂在水面上飘在山顶上和半山腰。也有些球形物体飘来飘去，当然速度有快有慢，慢的悠悠地在半天空飘来飘去，快的眨眼间就不见了或出现在我跟前。除了看到这些球形物体外，我当然看到了人，这些人都会飞，倏地飞来一个人，倏地又一个人飞来。也有人不飞，像我以前一样走着。一些人，还在灵谷峰山下那座水库里走来走去。水库里有水，那些人实际上是在水面上走来走去。倏地，有人走到我跟前来了。我正要找人问问这是什么地方，我于是问着一个人说："这是什么地方呀？"

对方说："李家湾呀。"

我说："这是李家湾吗，不是呀。"

对方说："这就是李家湾。"

我说："这些圆球一样的东西是什么？"

对方说："现代人住的房子呀？"

我说："房子怎么会做成这样？"

被问的人这时认真看了看我，跟我说："你怎么跟我们不同呢，你身上还穿那么多衣服，你不热吗，还有，你怎么连这样的房子都没见过？"

我说:“我真没见过这样的房子,你们怎样把房子做成圆球形?”

在我说着时,不时地有人冒出来,也站在我跟前,其中一个人跟我说:“这是悬磁房,它能飘在空中,也能像飞机一样飞来飞去。”

我说:“不可能,房子还能飘在空中,还能飞?”

我跟前那些人没反驳我,只让一个圆球飞了起来,眨眼工夫,圆球就不见了,也是眨眼工夫,圆球又回来了。在圆球飘在空中后,对方跟我说:“刚才一眨眼的工夫,我的悬磁房就从北京飞了个来回。”

我说:“这么快?”

一个人说:“你想多快,就有多快。”

我说:“每一幢房子都会飞,它们不会相撞吗?”

一个人说:“不会,每幢房子都有排斥力,它们速度再快,也不会撞在一起。”

我说:“匪夷所思,这怎么可能?”

一个人说:“匪夷所思的是你,你好像不是我们这时代的人,你什么都不懂?”

可能是我的装束和他们不同,很多人围过来看,还有人从水库那边过来,但他们无须绕道,而是像刚才我看到的那样,直接从水面上走过来。我跟那些人说:“这不是铁掌水上漂吗,这只是小说里虚构的,没想到变成了现实。”

一个人说:“你真的什么都不懂,地球有磁力,我们把这种磁力植入身体,身体也就有了磁力,把这种磁力调到一定的值,互相排斥,人就不会落进水里。”

我说:“闻所未闻。”

一个人说:“你从哪里来的呀?”

我说:“我从抚州来的,你们村里的李飞在黄远山接我,但雾太大,进村后我和李飞走散了,我不知他在哪儿?”

一个人说:“李飞呀,他在北京,你要见他,我呼他过来。”说着,这人喊了几句,说:“李飞,有个人要见你,你过来一下。”也是眨眼工夫,一个老人出现了。老人看看我，忽然大声说："你是我的同学小刘，你到哪里去了，怎么过了70年才出现。"

我说："你说什么，过了70年，我记得我只在水库那幢破屋里住了一个晚上，怎么会过了70年呢？"

围着的人这时好像明白了什么，一个人说："这就是那个莫名其妙失踪的小刘吧，他还是二十岁的样子，他真年轻。"

李飞说："你可能进入了时光隧道，你在那儿一个晚上，我们这里过了70年。"

我看着李飞，我说："他们刚才说你在北京，你怎么就过来了，什么车有这么快？"

李飞笑起来，李飞说："小刘你完全不懂了，现在没有汽车，没有飞机，一切交通工具都不需要了。"

我说："那你怎么从北京过来。"

李飞说："现在的人可以凭意念来去，你想去哪儿，就去哪儿，再远，也是一眨眼的工夫。"

我说："那我想去太阳上，太阳表面温度都有6000多度，那不熔化了。"

一个人也笑，回答说："意念只会让我们去适合去的地方，不适合去的地方，想去也去不了。"

我说："真神奇。"

说着时，我想起来了，我身上还有一只手机，在那幢老屋里，手机不知怎么好好地关了机，我想看看现在开了机没有。我随后拿出手机，一伙人见了，就说："这是什么呀？"

我说："手机呀？"

那些人不解的样子，一起说："手机，手机是什么？"

李飞当然知道手机是什么，李飞说："手机是几十年前的通信工具，几十年前的人，就是靠这种东西进行联系。"

一个人说："那多麻烦。"

我说："那你们现在靠什么联系？"

一个人说："我们现在方便，喊一句你想联系的人，他在任何地方，都知道你在找他。"

我说："这怎么可能。"

李飞说："你是70年前的人，你当然不明白，我告诉你，每个人都有固定的频率，你一喊他，他就能知道，现在的人，根本不要用手机了。"

我说："真是太神奇了。"

一个人说："还有更神奇的事，我们的意念比光速还快，这意味着我们会走在时间的前面，也就是说，我们可以到达未来。"

李飞接着说："当然，我们也可以逆光速而行或者说逆时间而行，让自己一直停留在以往的时间里，李根老人你还记得吗，他就让自己一直停留在70年前。"

我看着李飞，我说："你是说，你如果逆时间而行，你也能回到70年前？"

李飞点点头，李飞说："这是自然。"

我说："那你把我带回去，这里的一切我都觉得陌生，我还是觉得回到从前更好。"

李飞说："那我就带你回去，你闭上眼睛。"

我闭了闭眼，但等我睁开眼睛时，我已经看见我在老屋里。这时雾散了，老屋里不再那样黑漆漆的。我正想往外走，忽然，我听到李飞在叫我，李飞喊道："小刘，你在哪里？"

我应道："我在老屋里。"

说着，我走出老屋。外面，我看到了李飞，还看到了李根老人。老人见了我，又打着招呼说："小刘你又来了。"

我说："来了。"

老人又说："你不能整天到处闲逛，你要去找事做。"

我说："知道。"

后来，我真去找了事做，这样，我就很少去李家湾了。